Το μονοπάτι της γλώσσας του σώματος

Μπες στο μυαλό

Translated to Greek from the English version of
The Body Language Trail

Jude D'Souza

Ukiyoto Publishing

Όλα τα παγκόσμια δικαιώματα δημοσίευσης κατέχονται από

Ukiyoto Publishing

Δημοσιεύθηκε το 2023

Πνευματικά δικαιώματα περιεχομένου © Jude D'Souza

ISBN 9789360166809

Ολα τα δικαιώματα διατηρούνται.
Κανένα μέρος αυτής της έκδοσης δεν επιτρέπεται να αναπαραχθεί, να μεταδοθεί ή να αποθηκευτεί σε σύστημα ανάκτησης, σε οποιαδήποτε μορφή, με οποιοδήποτε μέσο, ηλεκτρονικό, μηχανικό, φωτοτυπικό, ηχογραφημένο ή άλλο, χωρίς την προηγούμενη άδεια του εκδότη.

Τα ηθικά δικαιώματα του συγγραφέα έχουν διεκδικήσει.

Αυτό το βιβλίο πωλείται υπό την προϋπόθεση ότι δεν θα δανειστεί, δεν θα μεταπωληθεί, θα εκμισθωθεί ή θα διανεμηθεί με άλλο τρόπο, χωρίς την προηγούμενη συγκατάθεση του εκδότη, με οποιαδήποτε μορφή δεσμευτικού ή εξωφύλλου εκτός από αυτό στο οποίο βρίσκεται, ως εμπορικό ή άλλο τρόπο. δημοσίευσε.

www.ukiyoto.com

Αφιέρωση

Αυτό το βιβλίο είναι αφιερωμένο στην ουράνια παρθένα μητέρα μου που με έκανε να διαπρέψω στην καριέρα μου όλα αυτά τα χρόνια. Εργάστηκε με ζήλο και ακούραστα για να φέρει τέτοια βιβλία στους αναγνώστες. Εξαιτίας της είμαι καλός συγγραφέας, συγγραφέας και όχι μόνο. Όλα τα εύσημα πάνε σε αυτήν.

Αναγνώριση

Ευχαριστώ όλους τους ανθρώπους που γνώρισα στη ζωή για τον εμπλουτισμό της βάσης γνώσεών μου σχετικά με τις μη λεκτικές ενδείξεις που αναφέρονται σε αυτό το βιβλίο. Κάθε κομμάτι από αυτό ήταν ορισμένο από τον Θεό και όλα είναι πολύτιμα στη ζωή μου. Συνομιλώ με κάθε έναν από αυτούς τους πολύτιμους ανθρώπους που έφεραν τέτοια πνευματική τροφή στη ζωή μου και συνεχίζουν να το κάνουν ακόμα και σήμερα. Ο Θεός να σε ευλογεί.

Περιεχόμενα

Εισαγωγή	1
Πεδίο εφαρμογής αυτού του βιβλίου	3
Χειραψία	5
Συνάχι	10
Παίζοντας με τα πόδια	17
The Perfectionist Touch	**Error! Bookmark not defined.**
Η Αναζήτηση του Ορίζοντα	24
Υπόδειξη θυμού	29
Σύνθημα που προκαλεί φόβο	31
Το σύνθημα Smartness-Exhibiting	**Error! Bookmark not defined.**
Callousness-Εκθέτοντας σύνθημα	36
Το άγχος που εκδηλώνει το σύνθημα	38
Επίλογος	39
Σχετικά με τον Συγγραφέα	41

Εισαγωγή

Τα ανθρώπινα όντα είναι αρκετά περίπλοκα στην κατανόηση. Μπορεί κανείς να τους γνωρίσει με το να είναι κοντά για αρκετά χρόνια όπως γνωρίζουμε τους καλύτερους φίλους ή την οικογένεια ή τους γνωστούς μας. Αλλά είναι δυνατό να γνωρίσετε ανθρώπους με άλλα μέσα πολύ γρήγορα, εάν δοθεί ιδιαίτερη προσοχή στη γλώσσα του σώματος και τους τρόπους τους. Αυτά είναι συχνά αληθινά σημάδια για το τι συμβαίνει στο μυαλό ενός ατόμου, που δεν λένε ψέματα.

Τέτοια αληθινά σημάδια χρησιμοποιούνται από ψυχιάτρους και ψυχολόγους για να αξιολογήσουν τους ανθρώπους ή να τους θεραπεύσουν. Επίσης, ορισμένες ερευνητικές υπηρεσίες ή αρχές επιβολής του νόμου τείνουν να τις αναζητούν για να αξιολογήσουν έναν ύποπτο και ακόμη και οι δικαστές μπορούν να τις αναζητήσουν σε μάρτυρες για να καταλήξουν σε απόφαση. Αλλά η κρίση εξαρτάται από τα στοιχεία που προσκομίστηκαν και όχι από αυτή την εκτίμηση.

Αυτό θα μπορούσε να χρησιμοποιηθεί και από τους πωλητές για να πουλήσουν τα προϊόντα τους σε υποψήφιους πελάτες. Αλλά η αξιολόγηση απαιτεί αρκετή δεξιότητα και ορισμένοι λάτρεις σε αυτό το επάγγελμα μπορούν εύκολα να βρουν τον δρόμο τους στην κορυφή της εταιρικής κλίμακας, γνωρίζοντας καλά το επάγγελμα.

Οι δυνατότητες είναι απεριόριστες και μπορεί κανείς μόνο να φανταστεί το εύρος των εφαρμογών. Έχω παραθέσει αρκετά από τα σημαντικά και κάθε κεφάλαιο είναι αφιερωμένο σε καθένα από τα στοιχεία που μπορούν να μετρήσουν τη νοοτροπία ενός ατόμου ή τι συμβαίνει στο μυαλό του.

Όλα αυτά τα έμαθα παρατηρώντας ανθρώπους για μερικά χρόνια και απέκτησα αυτές τις δεξιότητες μία προς μία. Η εμπειρία είναι ο καλύτερος δάσκαλος όπως λένε. Και οι διανοούμενοι έχουν αυτή την ικανότητα να μαθαίνουν εγγενώς χωρίς να κάνουν προσπάθεια να σκάψουν βαθιά μέσα από βιβλία ή άλλους πόρους μάθησης.

Επίσης, καθώς ανακάλυψα ότι υπάρχει έλλειψη αυτών των βιβλίων για τη γλώσσα του σώματος που εξετάζουν πολλές μη λεκτικές ενδείξεις γνωστές σε εμένα από τη δική μου εμπειρία, σκέφτηκα γιατί να μην διαδώσω κάποια γνώση από τη δική μου γραπτή δουλειά. Η γνώση πρέπει να μοιράζεται και καθώς είναι δώρο, να είναι διαθέσιμη σε όλους στο ράφι του.

Πεδίο εφαρμογής αυτού του βιβλίου

Ένα παλιό ρητό λέει, «Το πρόσωπο είναι ο δείκτης του μυαλού». Πιστό σε αυτήν την παροιμία, το πρόσωπο εκθέτει όλα όσα είναι μέσα στο μυαλό ενός ατόμου. Μπορεί να κυμαίνεται από ένα απλό πράγμα όπως ένα χαμόγελο έως πολύ πιο σύνθετα που αποκαλύπτουν την περσόνα. Το καλύτερο μέρος είναι ότι αυτά τα πράγματα δεν μπορούν ποτέ να κρυφτούν ή να χειραγωγηθούν από το ενδιαφερόμενο άτομο και αποκαλύπτονται σε κοινή θέα σε έναν καλό παρατηρητή.

Ενώ μιλάμε για μη λεκτικά σημάδια ή τη γλώσσα του σώματος σε ένα άτομο, το άθροισμα είναι οι πληροφορίες που μεταφέρει μέσω συνειδητών ή υποσυνείδητων κινήσεων του σώματος, εκφράσεων του προσώπου και χειρονομιών.

Η περιοχή μελέτης στην οποία καλύπτονται αυτές οι πτυχές ονομάζεται *κινησική*. Είναι ένας όρος που επινοήθηκε από τον Αμερικανό ανθρωπολόγο Ray Birdwhistell.

Οι ψυχίατροι ασχολούνται με τέτοιου είδους μη λεκτικές ενδείξεις όλη την ώρα. Τα αναζητούν στους καθημερινούς ασθενείς τους για να τους μετρήσουν διεξοδικά και έχουν μια μακρά λίστα ελέγχου για να μετρήσουν την ευρωστία του μυαλού τους. Βασίζονται περισσότερο στις χειρονομίες του προσώπου όπως το στένωση ή την κατάσταση των ματιών. θέση του στόματος στο πρόσωπο? το συνοφρύωμα πάνω του και άλλα πολλά. Αυτά μπορούν να αποκαλύψουν συναισθήματα και βαθύτερες γνώσεις στο μυαλό ενός ατόμου.

Λέγοντας ψέματα; θυμός; φόβος; συστολή; εξωστρέφεια; αθωότητα; διανοητικές ικανότητες και πολλά άλλα μπορούν να αποκαλυφθούν μέσω αυτών των χειρονομιών του προσώπου. Αυτοί οι επαγγελματίες έχουν πολλά κόλπα στο οπλοστάσιό τους για να έχουν μια διορατική ματιά σε ένα άτομο. Υποτίθεται ότι κάνουν κάποιες ερωτήσεις για να εξαγάγουν μια απάντηση μέσω μη λεκτικών ενδείξεων.

Αυτό το βιβλίο δεν είναι ένα έργο για να εμβαθύνουμε σε αυτές τις περίπλοκες μη λεκτικές ενδείξεις ως χειρονομίες προσώπου. Αυτά μπορεί να γίνουν αρκετά περίπλοκα και να απαιτούν αρκετή εμπειρία για να κατακτήσετε και να αποκτήσετε μια εικόνα για το μυαλό ή την πρόθεση ενός ατόμου.

Το πιο σημαντικό, αυτό το έργο είναι να βοηθήσει τον απλό άνθρωπο με εύκολα κατανοητές και σχετιζόμενες μη λεκτικές ενδείξεις, ώστε να μπορεί να παραμείνει ενήμερος —ένα βήμα μπροστά— για τις προκλήσεις που τίθενται στον σκληρό κόσμο έξω.

Για να το συνοψίσω, αυτό δεν είναι επίσης ένα γευστικό υλικό που ανήκει στη βιτρίνα, αλλά πρακτικές πληροφορίες για χρήση. Όπως το έχω χρησιμοποιήσει στη ζωή μου, εδώ, αντλώ και περιπτώσεις από αυτό, ώστε να μπορεί να είναι ωφέλιμο για τον κατά τα άλλα ευάλωτο απλό άνθρωπο όταν έρχεται αντιμέτωπος με τους δαίμονες της ζωής.

βιβλιογραφικές αναφορές

www.thehansindia.com/hans/young-hans/face-is-the-index-of-mind--525232

Χειραψία

Αυτό το είδος μη λεκτικής ένδειξης είναι η πιο προφανής μορφή για να γνωρίσετε το μυαλό του ατόμου και όλοι είναι εξοικειωμένοι με αυτό. Το να χαιρετάς ένα άτομο με χειραψία είναι ο κοινός κανόνας. Μπορεί να πει πολλά για το άτομο σε αυτόν που είναι πρόθυμος να παρατηρήσει.

Κρύα χέρια

Για παράδειγμα, εάν ένα άτομο έχει κρύα χέρια και το νιώθετε ενώ του δίνετε τα χέρια, μπορεί να σημαίνει ότι είναι νευρικό. Ο πατέρας μου κλήθηκε σε ένα σεμινάριο στο σπίτι του επισκόπου στη γενέτειρά μου για να μιλήσει για τις συνεχιζόμενες δραστηριότητες στην ενορία του. Αυτό έγινε γιατί δίδασκε Κατήχηση σε μαθητές πολλών διαφορετικών τάξεων του δημοτικού, του λυκείου αλλά και σε μαθητές προπανεπιστημίων της οικείας ενορίας του.

Αυτή η ευκαιρία ήταν χρυσή καθώς επιλέχθηκε από αρκετά καλό αριθμό ενοριών της περιοχής μας και γύρω από αυτήν.

Ήταν έτοιμος να πάει στην αυλή για να μιλήσει και είδε ένα γνώριμο πρόσωπο στο πλήθος —μια καλόγρια που ήταν παρούσα— και τον χαιρέτησε χωρίς να τη γνωρίζει για αρκετή ώρα. Άπλωσε το χέρι του προς το μέρος της για μια χειραψία. Το ίδιο απάντησε και εκείνη και του έδειξε ότι το χέρι του είναι κρύο.

Δεν μπορούσε να καταλάβει τι συνέβαινε στο μυαλό του. Αλλά ο μπαμπάς μου μού αποκάλυψε μετά από αυτό το περιστατικό —όταν γύρισε στο σπίτι— ότι ήταν νευρικός γιατί επρόκειτο να μιλήσει μπροστά σε έναν μεγάλο αριθμό αφιερωμένων ανθρώπων που έχουν μια εξουσία που έχει ορίσει ο Θεός στις ψυχές μας. Αυτό είναι αρκετά αναμενόμενο καθώς αυτοί οι άνθρωποι δεν συναναστρέφονται μαζί μας αρκετά φιλικά.

Μια τέτοια ήπια περίπτωση νευρικότητας και μια απόχρωση σκηνικού τρόμου αποκαλύφθηκε μέσα από τα κρύα χέρια του μπαμπά μου σε αυτή την καλόγρια. Αν και ο μπαμπάς μου δεν είχε σκηνικό φόβο κατά τη διάρκεια του χρόνου, αλλά, όπως είπα, ήταν ήπιος.

Ιατρικά, τα κρύα χέρια μπορούν να γίνουν κατανοητά με αυτόν τον τρόπο. Το σώμα πυροδοτεί μια αντίδραση σε κατάσταση μάχης ή φυγής. Αυτή η απάντηση συνήθως πυροδοτείται όταν αντιμετωπίζουμε ένα αρπακτικό ή έναν κίνδυνο που πρόκειται να επιτεθεί. Παράγεται αδρεναλίνη και η καρδιά αφαιρεί αίμα από το όργανο του σώματος που είναι πιο ευάλωτο ή βρίσκεται στη γραμμή επίθεσης. Περιττό να πούμε ότι εδώ, είναι το χέρι. Ως εκ τούτου, το χέρι γίνεται πιο δροσερό.

Αυτό μπορούσε να παρατηρηθεί στους νεκρούς. Δεν υπάρχει αίμα στο σώμα τους. Ως εκ τούτου κάνει πολύ κρύο.

Στην παραπάνω κατάσταση μιας ήπιας περίπτωσης σκηνικού τρόμου στον μπαμπά μου, το αρπακτικό είναι αόρατο. Ο λόγος είναι αυτός, το μυαλό είναι μπερδεμένο που βρίσκεται το αρπακτικό και το σώμα ετοιμάζεται ακόμα να αντιμετωπίσει την επίθεση από το αρπακτικό. Αυτό προκαλεί τη νευρικότητα ανάμεικτη με τον φόβο.

Τραχιά παλάμη

Όταν κάνετε χειραψία, εάν διαπιστωθεί ότι οι παλάμες του ατόμου έχουν σκληρή/τραχύ υφή, μπορεί να σημαίνει πολλά πράγματα. Για την ακρίβεια, η τραχιά υφή της παλάμης του χεριού μπορεί να υποδηλώνει ότι το άτομο κάνει πολλή σκληρή ή σωματική εργασία.

Τέτοια σωματική εργασία μπορεί να σημαίνει ένα άτομο που είναι μηχανικός. Εργασία σε τμήμα εργαλείων μηχανικής κατεργασίας· χειρισμός σκληρών μεταλλικών εξαρτημάτων. χυτήριο; σφυρηλάτηση ή ακόμα και σκάψιμο και άλλες οικοδομικές εργασίες όπως κάμψη ράβδων. Μόνο εικασίες μπορεί να κάνει κανείς.

Είχα έναν φίλο από τα σχολικά χρόνια. Είχε ελαφρώς τραχιά χέρια όπως θυμάμαι από τότε που παίζαμε κατά τη διάρκεια του σχολείου και μετά τις ώρες. Το άτομο είχε ένα αρκετά ατσάλινο πλαίσιο και ήταν ένα αποφασιστικό, έξυπνο άτομο που ανατράφηκε σε ένα σκληρό περιβάλλον και στον δύσκολο τρόπο. Σταδιακά τελείωσε το προπανεπιστημιακό του και αναζήτησε δουλειά για να βγάλει τα προς το ζην.

Τον συνάντησα μετά από πολύ καιρό και αρκετό καιρό από τότε που μπήκε σε μια δουλειά στην πόλη, ένιωσα ενώ έδινα τα χέρια ότι οι παλάμες του ήταν πολύ τραχιές. Ρωτώντας, υπέθεσε ότι αφού εργαζόταν στο τμήμα εργαλείων και ήταν μηχανολόγος μηχανικός στο επάγγελμα, ήταν προφανές.

Χειριζόταν και ήταν ικανός στην κατασκευή προϊόντων χάλυβα. Έδινε επίσης την εντύπωση του σκληρού εξωτερικά - ένα πολύ σημαντικό χαρακτηριστικό του «ανδρισμού» και ενός έμπειρου ατόμου, υποθέτω. Το άτομο ανατράφηκε σκληρά.

Ως εκ των υστέρων, είχα πολύ απαλά χέρια από τα σχολικά μου χρόνια. Οι φίλοι μου με ρωτούσαν συνέχεια ότι γιατί έχω πολύ απαλά χέρια. Είναι αλήθεια ότι ούτε τώρα έχω συνηθίσει σε σκληρή σωματική εργασία. Αλλά είμαι ψυχικά πολύ δυνατή και έχω περάσει δύσκολες ή προκλητικές καταστάσεις στη ζωή μου.

Για να βάλουμε τα πράγματα στη θέση τους, το να έχεις τραχιές παλάμες δεν σημαίνει ότι το άτομο μεγαλώνει με τον δύσκολο τρόπο ή βλέπει πολλές δύσκολες καταστάσεις στη ζωή του. Αλλά απλώς υπονοεί ότι έχουν περάσει από σκληρή σωματική εργασία. Το να είσαι δυνατός ψυχικά και ψυχολογικά είναι εντελώς διαφορετική πτυχή. Δεν πρέπει να παραπλανηθεί κανείς. Αυτό το μη λεκτικό σύνθημα μπορεί να είναι επιφανειακό και πρέπει κανείς να σκάψει βαθύτερα.

Οι γιατροί έχουν επίσης πολύ τραχιές παλάμες επειδή χρειάζονται συνεχώς απολύμανση των χεριών τους με σαπούνι ή απολυμαντικά με οινόπνευμα για να αποτρέψουν την πιθανότητα μόλυνσης από μικρόβια. Αυτό συμβαίνει επειδή αντιμετωπίζουν συνεχώς ασθένειες και μικρόβια που εκτίθενται συχνά στον κίνδυνο. Ακόμη και οι χειρουργικές επεμβάσεις που κάνουν μπορεί να χαλάσουν εάν δεν απολυμανθούν και διατηρήσουν το περιβάλλον αποστειρωμένο. Είναι γνωστό γεγονός.

Παραπλανητικές ενδείξεις

Τραχιές παλάμες μπορούν επίσης να βρεθούν σε άτομα κατά τη χειμερινή περίοδο. Αυτά ονομάζονται σκασμένα χέρια του χειμώνα που προκαλούνται από άγριους ανέμους, υγρή κρύα βροχή ή χιόνι και ξηρή θερμότητα εσωτερικού χώρου. Ο κρύος, υγρός καιρός μπορεί να αφαιρέσει το προστατευτικό φράγμα που θέτει το δέρμα για να αμυνθεί.

Ο καλύτερος τρόπος για να αποφύγετε να παραπλανηθείτε από τέτοια σκασμένα χέρια ώστε να πιστέψετε μια σωματικά σκληρή προσωπικότητα είναι να κοιτάξετε στην παλάμη του ατόμου. Θα υπάρχει λευκός, φολιδωτός σχηματισμός στο δέρμα.

Ένα άλλο αρκετά παραπλανητικό σημάδι θα μπορούσε να είναι ότι το άτομο είναι γερματοφοβικό και συνηθίζει να πλένει τα χέρια του και να τα απολυμαίνει συνεχώς, με αποτέλεσμα οι παλάμες του να γίνονται τραχιές. Όπως σημειώθηκε, υπάρχουν πολλές άλλες πιθανότητες και δερματικές παθήσεις όπως το έκζεμα ή η ψωρίαση. Απαιτείται αρκετή εμπειρία για να κριθεί ο άρτιος χαρακτήρας του ατόμου ή άλλα στοιχεία που το υποδηλώνουν.

Ιδρωμένη ή λιπαρή παλάμη

Μια ιδρωμένη ή λιπαρή παλάμη μπορεί να σημαίνει ότι το εν λόγω άτομο είναι νευρικό. Μερικοί άνθρωποι έχουν μια μυρωδιά εμετού στον ιδρώτα τους. Και πάλι, αυτά μπορεί να οφείλονται και σε υποκείμενες ιατρικές καταστάσεις. Αλλά μπορεί να χρησιμεύσει ως ένα καλό μη λεκτικό σύνθημα για να προσθέσετε στο οπλοστάσιό σας γνώσεων σχετικά με το άτομο και το τι συμβαίνει στο μυαλό του για περαιτέρω εξέταση της επόμενης κίνησής σας.

Μπορεί να έχετε παρατηρήσει ανθρώπους να ιδρώνουν και να προσαρμόζουν τον γιακά του πουκαμίσου τους κατά τη διάρκεια κάποιων άβολων ερωτήσεων που τους τίθενται. Το σενάριο θα μπορούσε να είναι μια δύσκολη και αναπάντητη ερώτηση που υποτίθεται ότι πρέπει να απαντηθεί κατά τη διάρκεια μιας συνέντευξης για δουλειά. Ο συνεντευξιαζόμενος μπορεί να παγιδευτεί χωρίς να ξέρει τι να κάνει.

Το ίδιο ισχύει και με την παλάμη να ιδρώνει κατά τη διάρκεια μιας χειραψίας. Η χειραψία μπορεί να επεκταθεί στο εν λόγω άτομο ενώ παίρνετε άδεια από αυτόν και μόλις μια στιγμή μετά την υποβολή της άβολης ερώτησης. Κάποιοι μπορεί να κρύβουν μια τέτοια αλήθεια στα λόγια, αλλά όχι στη χειραψία.

Παραπλανητικές ενδείξεις

Και πάλι, μια ιδρωμένη παλάμη δεν θα μπορούσε να υποδηλώνει αυτό σε κάθε άλλο άτομο. Μερικοί άνθρωποι μπορεί να ιδρώνουν κανονικά όλη την ώρα. Έχω έναν ξάδερφο που ιδρώνει όλη την ώρα και οι παλάμες του είναι λιπαρές το μεγαλύτερο μέρος της ημέρας. Καλύπτεται ακόμη και με χοντρές φλις κουβέρτες κατά τη διάρκεια της καλοκαιρινής περιόδου και λατρεύει να τον ιδρώνει. Κάποιος πρέπει να διακρίνει ανάμεσα σε τέτοιες ενδείξεις.

Μια σταθερή χειραψία

Αυτή είναι μια προφανής ιδέα που όλοι γνωρίζουν. Μια σταθερή χειραψία σημαίνει ότι το άτομο είναι πολύ σίγουρο και εξωστρεφές. Σήμερα, όλοι θέλουν να κάνουν τους ανθρώπους να πιστεύουν ότι διαθέτουν αυτές τις ιδιότητες και να δίνουν μια σταθερή χειραψία. Αλλά αν γίνει εν αγνοία, αυτό υποδηλώνει την αληθινή φύση ενός ατόμου. Εξαρτάται από το πώς μπορείτε να εξαγάγετε αυτές τις πληροφορίες μέσω του ατόμου που δεν γνωρίζει.

Οι γυναίκες που έχουν πιο δυνατές χειραψίες επίσης δεν έχουν ντροπαλή ή εσωστρεφή συμπεριφορά.

Επίσης, τα άτομα που έχουν μια πολύ σφιχτή χειραψία μπορεί να σημαίνει ότι θέλουν να κυριαρχήσουν και πρέπει να τους παρακολουθεί κανείς για να βεβαιωθεί ότι θα ακολουθήσει μια ήπια σχέση ή συζήτηση.

συμπέρασμα

Η χειραψία είναι η πιο διασκεδαστική μορφή μη λεκτικών ενδείξεων στη δυτική κοινωνία. Αν και υπάρχουν πολλοί τεκμηριωμένοι τρόποι για να μάθετε τι τρέχει στο μυαλό ενός ατόμου ή την πρόθεσή του μέσα από αυτό, πολλοί δεν γνωρίζουν πλήρως τις δυνατότητες μιας χειραψίας να ανακαλύψουν το ίδιο. Μια προσεκτική παρατήρηση των διαφορετικών τρόπων για να ξετυλίξετε και τι να αναζητήσετε μπορεί να κάνει θαύματα στον τρόπο με τον οποίο οι άνθρωποι ζουν και καταλαβαίνουν τους άλλους γύρω.

Παρόλο που δεν υπάρχουν τέτοιες μη λεκτικές ενδείξεις που να δίνουν πλήρη κατανόηση της κατάστασης του μυαλού ενός ατόμου, πολλά χαρακτηριστικά μπορούν να έρθουν στο φως που είναι ωφέλιμα για να σφυρηλατήσουν μια σχέση ή να μετρήσουν μια πρόθεση ή φόβους που υπάρχουν ή ζωντάνια ή ανατροφή ή το θάρρος που κατέχει.

Υπάρχουν ακόμα άλλες γλώσσες του σώματος ή μη λεκτικές ενδείξεις που πρέπει να αναζητήσετε στα επόμενα κεφάλαια. Αυτά θα τα συζητήσουμε αναλυτικά.

βιβλιογραφικές αναφορές

www.calmclinic.com/anxiety/symptoms/cold-hands

www.today.com/health/chapped-winter-hands-it-dry-skin-or-something-else-t208822

www.apa.org/news/press/releases/2000/07/hand-shake

Συνάχι

Το νόημα του μυξιάρικο μπορεί να γίνει κατανοητό από κάποιον που έχει κρυώσει και έχει ρινική καταρροή οποιαδήποτε στιγμή στη ζωή του. Το ρουθούνισμα είναι η αντίδραση που προκαλείτε όταν η μύτη διαρρέει ή τρέχει με μια υδαρή ουσία, π.χ. βλέννα ή μύξα. Προσπαθείτε να το περιλάβετε στη μύτη μυρίζοντάς το ή αναπνέοντας δυνατά από τα ρουθούνια σας. Αυτό γίνεται κάθε φορά που τρέχει η μύτη.

Τώρα που το νόημα του ρουθούνι είναι ξεκάθαρο, μπορεί να γίνει κατανοητό μια σημαντική γλώσσα του σώματος ή μια μη λεκτική ένδειξη που δείχνει ανοιχτά αν ένα άτομο λέει ψέματα. ένοχος ή εξαπάτηση.

Η εξαπάτηση είναι ανεξέλεγκτη παντού σε οποιαδήποτε κοινωνία, κοινότητα ή τοποθεσία. Δεν γνωρίζει κανένα εμπόδιο φυλής, κάστας, πίστης, θρησκείας, καταγωγής ή οτιδήποτε άλλο. Ο καθένας θέλει να κερδίσει γρήγορα χρήματα παρακάμπτοντας τον φυσικό νόμο της κερδοφορίας μέσω σκληρής δουλειάς, όπου το έδαφος ήταν καταραμένο στη δημιουργία και δεν θα έδινε φρούτα και φαγητό χωρίς άροση.

Αυτού του είδους η κακία συναντάται ενώ ταξιδεύουμε. ανταλάσσω; κάνω δουλειές; αγοράζω κάτι; κάνω θελήματα; Κάντε ερωτήσεις και λάβετε παραπλανητικές απαντήσεις. πληρώσει για οτιδήποτε και ο πωλητής απαιτεί υπέρβαση. και τα παρόμοια. Οι οδηγοί ταξί μπορεί να μας εξαπατήσουν με το ναύλο ή οι έμποροι με την τιμή ή κακόβουλοι άνθρωποι με στόχο να κερδίσουν κέρδη για τον εαυτό τους μπορούν να το κάνουν αυτό.

Υπάρχει ένας τρόπος να απομακρυνθείτε από όλα αυτά και να παραμείνετε ασφαλείς χωρίς να πάθετε απώλεια. Το σημάδι που πρέπει να προσέξετε σε τέτοια κακόβουλα και καταραμένα άτομα είναι ένα ρουθούνισμα. Προδίδει την πρόθεση του εν λόγω ατόμου και ένας καλός παρατηρητής μπορεί να παραμείνει ασφαλής.

Τη στιγμή που ένα άτομο λέει ψέματα ή απατά, ακούγεται ένα ρουθούνισμα στη γλώσσα του σώματός του. Υπάρχουν πολλές περιπτώσεις στη ζωή μου που γνώρισα αυτή τη μεγάλη αλήθεια. Θα μοιραστώ ένα προς ένα.

Παράδειγμα 1

Κάποτε η μητέρα μου μου ζήτησε να αγοράσω μερικά φυλλώδη λαχανικά για να μαγειρέψω για δείπνο, ενώ πήγαινα για τη βραδινή μου βόλτα πριν από αρκετά χρόνια. Καθώς έψαχνα για έναν κατάλληλο μικροπωλητή που πουλούσε αυτό το μάτσο σπανάκι στην άκρη του δρόμου, βρήκα ένα άτομο στο λυκόφως.

Ήταν ένας νεαρός άντρας στα τέλη της εφηβείας του. Πολλοί αγόραζαν τα φυλλώδη λαχανικά από αυτόν - σπανάκι, άνηθο, φύλλα τριγωνέλλας και άλλα. Αυτός ο άντρας πούλησε σε μια μεσήλικη κυρία ένα μάτσο σπανάκι ή άνηθο —υποθέτω— και προσπαθούσε να βγάλει γρήγορα χρήματα πουλώντας μου σε υψηλότερη τιμή.

Η τιμή για αυτό - εκείνη την εποχή - ήταν συνήθως 10 ₹ για ένα κανονικό μέγεθος δέσμης. Και αυτό ήταν μόνο εικασιακό καθώς μερικές μέρες η τιμή μπορεί να αυξηθεί κατά 5 ₹ ή 10 ₹ περίπου, πάνω από το κανονικό.

Όταν του ρώτησα την τιμή απευθείας, μου είπε 15 ₹ . Αυτή ήταν περισσότερο από 5 ₹ η κανονική τιμή για ένα μάτσο σπανάκι που αναφέρθηκε προηγουμένως. Έτσι, όταν τον ρώτησα την τιμή, το άτομο μετά από μερικές στιγμές μύρισε ένα ρουθούνισμα. Αυτό, το έκανε, αν και δεν υπέφερε από κρύο ή καταρροή.

Το ρουφηξιά που βγαίνει από ένα υγιές άτομο όπως αυτό που δεν πάσχει από κρυολόγημα ή αλλεργική αντίδραση, είναι μια σαφής ένδειξη ότι ο μικροπωλητής ήταν ένοχος και με εξαπατούσε με μια υπερβολική τιμή πάνω από το κανονικό για ένα μάτσο σπανάκι στην περιοχή.

Έκανα πίσω από το να αγοράσω το μάτσο από αυτόν και ζήτησα αυστηρά την κανονική τρέχουσα τιμή των 10 ₹ . Δεν κουνήθηκε και —όπως συνηθίζεται στη χώρα μας να απομακρύνεται από το μέρος και οι πωλητές μας καλούν πίσω για τη ζητούμενη τιμή— έφυγα. Με πήρε πίσω και το αγόρασα στην κανονική τιμή - ένα καλό δύο φρέσκο μάτσο σπανάκι. Τελειώνοντας την ημέρα, ολοκλήρωσα την καθημερινή μου ρουτίνα της βόλτας στη φύση και έφτασα στο σπίτι.

Παράδειγμα 2

Φτιάξαμε το σπίτι μας πριν από δέκα χρόνια. Οι εργασίες φινιρίσματος ήταν σε εξέλιξη. Χρειαζόταν μια πλάκα γρανίτη για τον πάγκο της κουζίνας. Ο αδερφός μου και εγώ τολμήσαμε να ψάξουμε για έναν πολύ καλό προμηθευτή πλακών γρανίτη στην περιοχή μας. Το μαγαζί που μου ήρθε αμέσως στο μυαλό ήταν ένας έμπορος που βρισκόταν εκεί κοντά και είχε πολλές ποικιλίες γρανίτη με μια τεράστια έκταση όπου τα στοίβαζε.

Πήγαμε εκεί, μηδενίσαμε μια καλή πλάκα γρανίτη και σταθήκαμε σε μια ουρά για να την αγοράσουμε για χρήση στην κατασκευή του νέου μας σπιτιού. Ένα άτομο είχε έρθει για να αγοράσει μια διαφορετική ποικιλία πλάκας και συμπεριφερόταν έξυπνα. Παρατήρησα ότι εξαπατήθηκε εν αγνοία του και ακολούθησε τη ρουτίνα της ημέρας.

Ακολουθούσε η σειρά μας. Ο αδερφός μου και εγώ έπρεπε να διαπραγματευτούμε όπως ο άλλος που έφυγε πριν από εμάς για την πλάκα γρανίτη, ήμασταν έτοιμοι να αγοράσουμε. Ο άντρας στον πάγκο ήταν ντυμένος πολύ καλά και, νομίζω, είχε στο στόμα του ένα γεμάτο δύο φακελάκια pan masala. Έβγαζε κατακόκκινο σάλιο από το στόμα του.

Το άτομο ήταν οπλισμένο με μια αριθμομηχανή και επρόκειτο να μας δώσει μια τιμή για την πέτρα γρανίτη που αποφασίσαμε να αγοράσουμε. Έκανε κάποιους υπολογισμούς με αυτό που αφορούσε κάποιο ποσοστό που θα του κόστιζε και άλλες εξισώσεις κέρδους-ζημίας. Αργότερα, ξεκαθάρισε μια τιμή και δεν ξέραμε ποια ήταν η σωστή τιμή για τον γρανίτη σε εκείνη την περιοχή για την εποχή.

Μύρισε και άγγιξε τη μύτη του μερικές φορές ενώ ανέφερε την τιμή για την πλάκα. Έβλεπα καθαρά ότι απατούσε και ότι η ενοχή του φαινόταν σε αυτό το μη λεκτικό σύνθημα. Περιττό να πω ότι αποκάλυψα στον αδερφό μου ότι το άτομο υπερέβαλλε την τιμή.

Ο αδερφός μου απάντησε ότι δεν μπορούσαμε να κάνουμε τίποτα και το άτομο εκμεταλλευόταν την κατάσταση. Η κατάσταση είναι ότι αυτό ήταν το μόνο άτομο σε ολόκληρη την περιοχή μας που είχε τέτοιες πέτρες και αγοράζοντας τις από άλλα μέρη - που είναι αρκετά μακριά - θα μπορούσε να επιβαρυνθεί με έξοδα μεταφοράς. Ως εκ τούτου, η πλάκα είναι πολύ βαριά.

Λοιπόν, επιστρέψαμε στο σπίτι ρυθμιζόμενοι για την τιμή και τον πωλητή. Η δουλειά μας έγινε.

Παράδειγμα 3

Αυτό το περιστατικό είναι στα πρώτα χρόνια της εφηβείας μου. Είχα εγκαταλείψει ένα κολέγιο μηχανικών για αρκετό καιρό - αυτό δεν έχει σημασία τώρα, καθώς η επαγγελματική μου πορεία έχει αλλάξει - και υπήρχε πίεση στο σπίτι να ψάξω για δουλειά και να κερδίσω μια αξιοπρεπή αμοιβή. Παρόλο που δεν ήμουν έτοιμος για αυτό το είδος «βιώσιμου», καθώς το είδος της δουλειάς που μου προσφερόταν ήταν πολύ προσωπική αναβολή για μένα.

Ο λόγος για αυτό μπορεί να είναι ότι δεν έχω πάθος για τέτοιες δουλειές γραφείου όπως ταμίας ή ταμίας ή στέλεχος ασφαλιστικής εταιρείας ή ακόμα και χειριστής εισαγωγής δεδομένων. Ένας άλλος λόγος θα μπορούσε να είναι ότι έπρεπε να βρω μια δουλειά που απαιτεί δεξιότητες που κατέχω. η μισθολογική κλίμακα δεν ήταν ποτέ το μήλο της έριδος για μένα.

Μάλιστα, υπήρχαν αρκετά βιογραφικά που είχα ετοιμάσει και σχεδόν συχνές συνεντεύξεις που έδινα σε διαφορετικούς υποψήφιους εργοδότες. Αυτά γίνονταν με επίσημη ενδυμασία—όπως είναι ο κανόνας—με τα πρόσφατα αποφοίτησα ξαδέρφια μου από την ιθαγενή που ζούσαν στην πόλη και αναζητούσαν έναν καλό τρόπο ζωής μέσα από θέσεις εργασίας σε πολυεθνικές εταιρείες.

Υπήρχε ένα τέτοιο περιστατικό όπου ο μπαμπάς μου είχε επιλέξει ένα ασφαλιστήριο συμβόλαιο ζωής σε μια ευχάριστη ασφαλιστική ομάδα. Ο ασφαλιστικός πράκτορας αυτής της ιδιωτικής εταιρείας —που ήταν MNC— είχε πλησιάσει αρκετά μαζί του ώστε να ζητήσει μια προσφορά εργασίας για μένα από τα αφεντικά του.

Η δουλειά ήταν αυτή ενός τηλεφωνητή που καλούσε συνεχώς διαφορετικούς αριθμούς τηλεφώνου για να τους ασφαλίσει στην εταιρεία. Υπήρχε απλώς ένα τηλέφωνο στο γραφείο και μου προσφέρθηκε αυτή η δουλειά με ψυχρή κλήση. Υπήρχαν πολύ υψηλές προσδοκίες από εμένα ότι ήμουν φοιτητής μηχανικός και ότι ταίριαζα καλά στον ρόλο. ο διευθυντής εντυπωσιάστηκε.

Αν και πρόσφεραν καλά χρήματα και προνόμια, δεν εντυπωσιάστηκα λόγω των πολλών λόγων που αναφέρονται παραπάνω.

Πριν επισκεφτώ αυτό το γραφείο, με είχαν καλέσει τηλεφωνικά για να προγραμματίσω μια συνέντευξη. Όπως είπα, η ιδέα να δουλέψω εκεί δεν ήταν στο μυαλό μου. Είχα απενεργοποιήσει το smartphone μου μόνο και μόνο για να αποφύγω όλη αυτή τη συνέντευξη. Ήλπιζα να ξεφύγω με κάποιο τρόπο από αυτή την κατάσταση και ταυτόχρονα να αποφύγω δυσάρεστες συζητήσεις για καριέρα ή αντιπαραθέσεις σχετικά με το «τι θέλεις να κάνεις στη ζωή;» είδος ερωτήσεων από ανθρώπους γνωστούς μου.

Δεν πίστευα ότι όλη αυτή η ιδέα της απενεργοποίησης του smartphone μου θα έφερνε κάποιου είδους αναταραχή στο γραφείο και επίσης για τον ασφαλιστικό πράκτορα που ήταν κοντά στον πατέρα μου.

Όταν επισκέφτηκα το γραφείο αυτού του MNC, υπήρχε μια πολύ έντονη δραστηριότητα στο χώρο εργασίας παντού. Και πέρασα από αυτόν τον ασφαλιστικό πράκτορα που ήθελε να κάνει ένα «καλό πράγμα» στη ζωή μου δίνοντάς μου την ευκαιρία απασχόλησης.

Καθώς κυκλοφορούσα στο γραφείο, αυτό το άτομο μύριζε και άγγιζε τη μύτη του μερικές φορές. Δεν κατάλαβα γιατί το έκανε. Αλλά έμεινε στο μυαλό μου για αρκετά χρόνια - ολόκληρη η εικόνα του να το κάνει.

Αργότερα ανακάλυψα ότι είχε παγιδεύσει τον μπαμπά μου πουλώντας ένα ασφαλιστήριο συμβόλαιο που ήταν πολύ ακριβό και μακροπρόθεσμα όχι επωφελές. Ο μπαμπάς μου δεν έχει συνηθίσει να διαβάζει τους μακροχρόνιους όρους και προϋποθέσεις που αναφέρονται σε τέτοια έγγραφα. Το πήρε για τον λόγο του ατζέντη ότι ήταν μια καλή πολιτική για αυτόν.

Ο μπαμπάς μου έπρεπε να συνεχίσει αυτό το ασφαλιστήριο συμβόλαιο ζωής για πολύ καιρό πληρώνοντας τεράστια ασφάλιστρα και η θητεία έληξε πολλά χρόνια αργότερα.

Αυτό το φιάσκο έφερε στο φως πολλά πράγματα σε μένα: ένα από αυτά ήταν το ρουφήξιμο και το άγγιγμα της μύτης που έκανε αυτός ο ασφαλιστικός πράκτορας. Σαφώς, ήταν ένοχος και το μη λεκτικό σημάδι του ρουθουνίσματος με άγγιγμα της μύτης το αποκάλυψε αυτό. Ένας καλός παρατηρητής μπορεί να το παρατηρήσει αυτό.

Παράδειγμα 4

Υπάρχουν πολλές περιπτώσεις κοντινών μου ανθρώπων σαν ξαδέρφια που ρουθούνε ενώ μοιράζονται ορισμένες φήμες για άλλους συγγενείς. Τους πιάνω από εκεί και πέρα σαν να λένε ψέματα ή απλώς να κάνουν φήμες.

Παραπλανητικές ενδείξεις

Αν και είναι αλήθεια ότι όταν οι άνθρωποι μυρίζουν, λένε ψέματα ή είναι ένοχοι ή απατούν, εντούτοις είναι επίσης αλήθεια ότι δεν μυρίζουν κάθε φορά που το κάνουν αυτό. Υπάρχουν πολλές περιπτώσεις στη ζωή μου όπου κανείς δεν μύρισε ή άγγιξε τη μύτη του ενώ αντιμετώπιζε κάτι σαν τέτοια κακόβουλη συμπεριφορά.

Κάποιος μπορεί να συμπληρώσει αυτό το μη λεκτικό σύνθημα κάνοντας πολλές άλλες σχετικές ερωτήσεις για να μάθει αν οι άνθρωποι λένε ψέματα. Για την ακρίβεια, αν κάποιος σας πει ότι κάποιος γνωστός είχε τελειώσει το διδακτορικό του, μπορούν να του τεθούν περισσότερες ερωτήσεις.

Ερωτήσεις όπως "Ποιο ήταν το πανεπιστήμιο από το οποίο πήρε αυτό το πτυχίο;" και «Ποιος ήταν ο εκπαιδευτής του;» Όταν προκύπτουν τέτοιες ερωτήσεις, το άτομο δεν θα έχει απαντήσεις στη γατούλα του και μπορεί να ψαχουλέψει ή να δώσει ευθέως ανόητες απαντήσεις.

Η σύγκριση αυτών των απαντήσεων αλλού με τον στενό έμπιστο του ατόμου αποκαλύπτει τα αληθινά χρώματα αυτού που το είπε. Εάν αυτές δεν ταιριάζουν με τις απαντήσεις του πρώην ατόμου, η κύρια ερώτηση ήταν ένα ψέμα. Για να καταλήξουμε σε αυτό θα πρέπει να τεθούν πολλές ερωτήσεις και να συλλεχθούν οι απαντήσεις τους.

Επίσης, υπάρχουν άνθρωποι που συνεχίζουν να αγγίζουν τη μύτη τους και να μυρίζουν συνεχώς. Αυτό δεν σημαίνει ότι λένε ψέματα ή εξαπατούν ή είναι ένοχοι. Σημαίνει απλώς ότι είναι η συνήθεια τους και μπορούν να δοκιμαστούν άλλοι τρόποι μαζί τους όπως ο προηγούμενος. Υπάρχουν πολλοί τέτοιοι άνθρωποι.

Ένας από τους άμεσους γείτονές μου είναι αρχηγός κάποιας δραστηριότητας ή εργαστηρίου στην Εκκλησία. Σε μια από τις συναντήσεις για να συζητηθεί μια δραστηριότητα για τον καθαρισμό και τη διακόσμηση της Εκκλησίας, απευθυνόταν σε όλους τους εισαχθέντες σχετικά με τα καθήκοντα που πρέπει να αναλάβει ο καθένας τους.

Συνήθιζε να μυρίζει και να άγγιζε τη μύτη του όλη την ώρα, παρόλο που δεν υπήρχε τίποτα που να υποδηλώνει ότι ήταν ένοχος ή απατούσε ή έλεγε ψέματα. Αυτή είναι η συνήθεια του όταν απευθύνεται σε ανθρώπους ή κατά τη διάρκεια δημόσιας ομιλίας. Και πάλι, για να μην συγχέεται με τις προθέσεις αποκαλυπτικό sniffling που μιλάμε εδώ.

Επιπλέον, άτομα με ελαφρύ κρυολόγημα και καταρροή δεν πρέπει να συγχέονται ως ένοχοι αυτών των κακών. Υπάρχουν πολλοί τέτοιοι άνθρωποι τριγύρω και κάποιος θα μπορούσε εύκολα να τους μπερδέψει ότι κάνουν κάτι τέτοιο. Θα πρέπει να υπάρχει κάποια διακριτικότητα.

συμπέρασμα

Το να είμαστε έμπειροι στην τέχνη της αναγνώρισης τέτοιων κακόβουλων ανθρώπων μέσω του ρουθουνίσματος μπορεί να ωφεληθεί πολύ στην καθημερινή μας δραστηριότητα. Το πιο σημαντικό είναι ότι κάποιος μπορεί να πάρει σοφές αποφάσεις ενώ επωφελείται από μια υπηρεσία για το αν είναι ευεργετική ή βλάπτει τις τσέπες μας. Η καθημερινή δραστηριότητα αυτή καθαυτή που αναφέρεται στο παρόν σε περιπτώσεις όπως η αγορά. εφάπαξ επένδυση όπως η κατασκευή ενός σπιτιού. Η χρήση οποιασδήποτε υπηρεσίας όπως η ξυλουργική για την κατασκευή επίπλων σπιτιού ή οι υπηρεσίες εσωτερικής διακόσμησης δεν μπορεί να γίνει επαχθής ή πολύ βαριά στις τσέπες μέσω αυτής της μη λεκτικής ένδειξης.

Οποιοσδήποτε καλός παρατηρητής μπορεί να παραμείνει ασφαλής και να απομακρυνθεί από άτομα με κακόβουλη πρόθεση, ενώ αποφασίζει να προχωρήσει με τις υπηρεσίες του ατόμου ή όχι. Κανείς δεν μπορεί να εξαπατήσει έναν σοφό άνθρωπο. Πρέπει κανείς να βασιστεί σε αυτή τη βασική γνώση και οι δυνατότητες είναι απεριόριστες. Θα ακολουθήσουν περισσότερα στις σελίδες που θα ακολουθήσουν.

Παίζοντας με τα πόδια

Υπάρχει ακόμη ένα άλλο μη λεκτικό σημάδι όπου μπορεί να διακριθεί η ψυχική διάθεση ενός ατόμου ως προς το αν δικαιολογεί τον εαυτό του. Αυτή η δικαιολογία μπορεί επίσης να είναι ένα σημάδι ότι είχε τσακωθεί με κάποιον λίγες στιγμές πριν. Στιγμές με την έννοια πριν από λίγα δευτερόλεπτα.

Το σημάδι που πρέπει να προσέξετε είναι ότι το άτομο παίζει με τα πόδια του σαν να σχεδιάζει κάτι στο έδαφος. Δεν χρειάζεται απαραίτητα να ζωγραφίζει, αλλά να παίζει και με τη λάσπη ή τις πέτρες ενώ στέκεται μετά από τον καυγά ή τον καυγά.

Επίσης, αυτό το μη λεκτικό σήμα από το άτομο δεν μπορούσε να γίνει μόνο στο λασπωμένο έδαφος αλλά οπουδήποτε στο πάτωμα όπου στέκεται. Αλλά η δράση πρέπει να είναι σαν να παίζει με τη λάσπη ή να κινεί πέτρες και χαλίκια με τα πόδια του.

Πιο πολύ, αυτό το σύνθημα μπορεί επίσης να σημαίνει ότι το άτομο που το παρουσιάζει έχει αλλάξει γνώμη ή έχει μετανιώσει από τη γνώμη που είχε πριν ξεδιπλωθεί η αλήθεια μπροστά στα μάτια του. Η σκέψη τον εκφοβίζει και θέλει να αλλάξει στάση στο θέμα.

Υπάρχουν μερικές περιπτώσεις στη ζωή μου όπου παρατήρησα αυτό το μη λεκτικό σημάδι στους ανθρώπους.

Παράδειγμα 1

Δούλευα σε μια startup με τη θέση του Content Writer. Ήταν μια συμβουλευτική εταιρεία και αργότερα μετακόμισα σε μια αδελφή εταιρεία λογισμικού. Υπήρχε ένα άτομο που δούλευε μαζί μου βοηθώντας την εταιρεία στο λογιστήριο.

Ήταν ένας μεσήλικας, αρκετά έμπειρος στο επάγγελμα και κέρδιζε καλά για τη θέση του. Πέρασαν μερικές μέρες και επικρατούσε αναταραχή στην εκτεταμένη οικογενειακή του ζωή. Η αδερφή του αντιμετώπισε κάποιο πρόβλημα κατάματα και αυτό τον γκρίνιαζε όλη την ώρα. Το έβλεπα στη συμπεριφορά του στο γραφείο.

Καθώς επηρέαζε σοβαρά την επαγγελματική του ζωή, κατέφυγε στη συνήθεια να πίνει αλκοόλ για να το ανακουφίσει. Σταδιακά, η πρόσληψη αλκοόλ αυξήθηκε και η ανάσα του μύριζε. Ερχόταν στο γραφείο μεθυσμένος.

Επίσης, δεν υπήρχε ακρίβεια στην οποία έπεφτε στο γραφείο μέσα στη μέρα. Ο εργοδότης μου το αντιλήφθηκε και τον ρώτησε σχετικά με την καθοδική εργασιακή ηθική. Προς όλη μας έκπληξη -και των συναδέλφων του- αποκάλυψε στο αφεντικό ότι πίνει τον τελευταίο καιρό και υπάρχει πρόβλημα στην ευρύτερη οικογένειά του. Ήταν απλός.

Το αφεντικό τον κάλεσε στην αίθουσα του συμβουλίου και ακολούθησε αντιπαράθεση. Έγινε πολλή δυνατή συζήτηση για λίγα λεπτά και τον έστειλε σπίτι. Εγώ και οι συνάδελφοί μου δεν μπορούσαμε να ακούσουμε τη συζήτηση.

Μετά τη σύγκρουση, το αφεντικό μου επέστρεψε στον χώρο εργασίας και μπορούσαμε να τον δούμε όρθιο. Έπαιζε με τα πόδια του όπως προανέφερα. Περιττό να πούμε ότι δικαιολογούσε τον εαυτό του για την απόφαση που είχε πάρει να απολύσει τον ανώτερο λογιστή από τη δουλειά του. Αυτό έγινε αμέσως μετά την αντιπαράθεση και την έντονη ανταλλαγή.

Αυτή η πράξη δικαίωσης γίνεται κατανοητή ως η ύπαρξη μιας δουλειάς πολύ χρήσιμη και πολύτιμη για όλους. Μια οικογένεια και τα έξοδά της εξαρτώνται από αυτό. Είναι αγαπητό σε κανέναν. Έτσι, το αφεντικό δικαιολογήθηκε για λίγα λεπτά με αυτό το μη λεκτικό σύνθημα και μετά από λίγο έφυγε από το σπίτι.

Παράδειγμα 2

Πριν από χρόνια, μια είδηση μεταδόθηκε σε τηλεοπτικό κανάλι μέσων ενημέρωσης. Αφορούσε μια γνωστή τηλεοπτική προσωπικότητα για το πώς ενεπλάκη σε ένα απειλητικό για τη ζωή του τροχαίο με μια άλλη διάσημη προσωπικότητα. Μετέδιδαν βίντεο και φωτογραφίες αυτής της τηλεπερσόνας στιγμές μετά το βαρύ ατύχημα στο οποίο δεν υπήρξαν απώλειες ζωών αλλά σοβαρές ζημιές στα οχήματα.

Καθώς μετέδιδαν αυτά τα βίντεο με τον άνδρα και τη σύζυγό του να έχουν μώλωπες, όλη η ευθύνη του ατυχήματος βαρύνει τον οδηγό του ατόμου. Μεταδόθηκε επίσης ότι η προσωπικότητα δεν οδηγούσε το αυτοκίνητο στο οποίο συνέβη το ατύχημα, αλλά ο σοφέρ.

Τα γραφικά του σοφέρ μεταδίδονταν συνεχώς συνεχώς. Αλλά κατάλαβα ότι η τηλεπερσόνα έλεγε ψέματα και ο ίδιος ενεπλάκη στο ατύχημα και οδηγούσε το αυτοκίνητο. Ήμουν, ακόμη, σίγουρος ότι αυτό το άτομο έριχνε το φταίξιμο στον οδηγό βίαια και κατάφωρα.

Ο λόγος για αυτόν τον ισχυρισμό από εμένα ήταν ότι ο οδηγός έδειξε τη μη λεκτική ένδειξη του παιχνιδιού με τα πόδια του σε όλα τα οπτικά στοιχεία που εμφανίζονται στην οθόνη της τηλεόρασης. Κοιτούσε κάτω με τα χέρια δεμένα γύρω από την πλάτη του και έπαιζε συνέχεια με τα πόδια του σαν να έψαχνε ή να σχεδίαζε κάτι στο χαλίκι ή στο χώμα ή στο χώμα.

Αν και αυτό το άτομο αναγκάστηκε να παραδεχτεί ότι βρισκόταν στους τροχούς του αυτοκινήτου την ώρα του ατυχήματος, δεν υπήρξε αντίσταση από μέρους του. Το παραδέχτηκε εσκεμμένα με δική του βούληση.

Όλο το παρασκηνιακό σενάριο που πρέπει να ξετυλίξουμε μπροστά μας είναι ότι ακολούθησε μια ισχυρή μονόπλευρη λεκτική επίθεση στον οδηγό και εκείνος εκφοβίστηκε, χωρίς να έχει άλλη επιλογή να πει το αντίθετο. Μπορεί να αναγκάστηκε να πιστέψει ότι η δουλειά του απειλήθηκε ή ήταν έτσι.

Δικαιολογούσε συνεχώς κατά τη διάρκεια της μη λεκτικής έκθεσης για τις δυνατότητες ή τις μεταθέσεις και τους συνδυασμούς του τι θα μπορούσε να είχε κάνει για να αποφύγει να μπει στα μάτια αυτής της οργισμένης τηλεπερσόνας. Και επίσης, πώς θα μπορούσε να είχε ξεφύγει από αυτή την κατάσταση με καλύτερο τρόπο από το πώς ξεδιπλώθηκε.

Το κραυγαλέο ψέμα της τηλεπερσόνας σχετικά με την αληθοφάνεια του ισχυρισμού για το ποιος ήταν στους τροχούς του αυτοκινήτου κατά τη διάρκεια της σύγκρουσης αποκαλύφθηκε με αυτό το μη λεκτικό σύνθημα. Πολύ εύχρηστο, πράγματι! Γνώρισα το μυαλό της τηλεπερσόνας και το είδος της κατάστασης που βάζει τους υπαλλήλους του. Ολόκληρη η νοοτροπία του για την κατάσταση αποκαλύφθηκε μπροστά μου.

Πραγματικά, οι πλούσιοι κυριαρχούν στην κοινωνία μας.

Παράδειγμα 3

Πρόσφατα, εκτυλίχθηκε ένα περιστατικό που δίνει βάρος σε αυτό το σύνθημα να αναπτυχθεί οπτικά. Έβλεπα τηλεόραση παθητικά —όπως κάνω πάντα και όχι ενεργά— και κυκλοφόρησε μια ιστορία στις ειδήσεις για μια χώρα που πέτυχε ένα σπάνιο και τεράστιο επίτευγμα στην αστρονομία.

Ο ηγέτης της χώρας απευθυνόταν σε κάποια μορφή συνέλευσης αντιπροσώπων και ενώ ανήγγειλε το κατόρθωμα που επιτεύχθηκε ζωντανά στην οθόνη, ένα μέλος ή ένας εκπρόσωπος παρουσίαζε αυτό το μη λεκτικό σύνθημα.

Αυτό το έκανε επειδή πίστευε ότι η χώρα που πέτυχε αυτό το κατόρθωμα δεν ήταν αρκετά τεχνολογικά αναπτυγμένη για να το κάνει. Αλλά με το γεγονός να εκτυλίσσεται μπροστά στα μάτια του, άλλαξε στάση.

Αν και αυτό το άτομο δεν καθόταν με το κάτω μέρος του κορμού του αρκετά ορατό για να κρίνω για αυτό το μη λεκτικό σημάδι, παρόλα αυτά κατάφερα να αντιληφθώ ότι το παρουσίαζε. Και το λιγότερο, το κατόρθωμα που πέτυχε αυτή η χώρα άξιζε να θυμόμαστε.

Παραπλανητικό σύνθημα

Πολλοί άνθρωποι παίζουν με τα πόδια τους με αυτόν τον τρόπο και σε έναν χαλαρό χρόνο - όταν είναι ελεύθεροι με τους φίλους τους. Αυτό δεν πρέπει να συγχέεται με το αρχικό μη λεκτικό σημάδι για να ξέρετε πότε ένα άτομο έχει ξεκαθαρίσει από μια δυσκολία.

συμπέρασμα

Το συναίσθημα πίσω από αυτό το μη λεκτικό σύνθημα του παιχνιδιού με τα πόδια είναι αγνό και οι ακατέργαστες δυνατότητές του μπορούν μόνο να φανταστούν. Φανταστείτε εάν ένα άτομο εμφανίζει αυτό το μη λεκτικό σημάδι και πρόκειται να συζητήσετε μαζί του μια προοπτική επιχειρηματικής δραστηριότητας. Το μυαλό του δεν είναι ήρεμο και μπορεί να περιπλανιέται. Και δεν είναι η κατάλληλη στιγμή για να μιλήσουμε λογικά μαζί του σαν ειρηνικές συζητήσεις για τη φιλοσοφία.

Αλλά θα πρέπει να σημειωθεί ότι μερικές φορές το tiff μπορεί να είναι πολύ σοβαρό και η σοβαρότητα δεν μπορεί να μετρηθεί με αυτό το μη λεκτικό σημάδι. Κάποιος πρέπει να αφήσει τις δικαιολογητικές σκέψεις να βυθιστούν με τον καιρό.

Όπως σημειώθηκε στην Περίπτωση 1, ο εργοδότης μου πήγε σπίτι για να αφήσει τον χρόνο να θεραπεύσει τα συναισθήματά του που είχαν βγει από αυτό το φιάσκο με τον λογιστή. Ο χρόνος γιατρεύει σχεδόν τα πάντα.

Η Αγγίξτε με τον Περφεξιονιστικό Τρόπο

Αυτό το μη λεκτικό σύνθημα αποκαλύπτει ότι το άτομο που το κάνει είναι επιφανειακά ανασφαλές και ότι διώκεται για τα διαπιστευτήρια της ικανότητάς του, μπορεί να είναι απολύτως λογικό ότι είναι εξαιρετικά ικανό - για να μην πω το λιγότερο. Επίσης, είναι μια ψεύτικη ανασφάλεια. Μια πιο ξεκάθαρη εικόνα μπορεί να προκύψει στις περιπτώσεις που ακολουθούν. Αλλά πρώτα, περισσότερα για τη δράση στο μη λεκτικό σύνθημα.

Η τελειομανία, εδώ, είναι όταν ένα άτομο αγγίζει τα αντικείμενα που είναι διαθέσιμα στο γραφείο του ή στο νεσεσέρ του ή σε κοντινή απόσταση, σαν να τα τακτοποιήσει σε μια παραγγελία ή δομή ή στοίβα. Αυτά τα αντικείμενα μπορεί να είναι εφημερίδες, αρχεία, έγγραφα, περιοδικά κάτω από το χαρτί. Μερικές φορές, το άγγιγμα θα μπορούσε να είναι απλώς ένα χτύπημα ή ένα χτύπημα στο νεσεσέρ ή οτιδήποτε άλλο.

Υπάρχουν πολλές περιπτώσεις στη ζωή μου όπου παρατήρησα αυτό το μη λεκτικό σημάδι στη δουλειά σε καθημερινούς ανθρώπους.

Παράδειγμα 1

Έχω τη συνήθεια να παρακολουθώ καθημερινά τη λειτουργία στην τοπική ενοριακή εκκλησία μας. Μια από τις μέρες έκανα το ίδιο. Είχε έρθει ένας επισκέπτης ιερέας από ένα κοντινό κολέγιο που διοικούνταν από ιερείς μιας συγκεκριμένης εκκλησίας. Το κολέγιο ήταν λίγα μίλια μακριά.

Καθώς ο ιερέας άρχισε να τελεί τη λειτουργία, έφτασε στο στάδιο να δώσει ένα κήρυγμα στη μέση της διαδρομής. Περιέγραφε για τη σημασία της εκπαίδευσης και το ταξίδι της ζωής του που τον οδήγησε να γίνει ιερέας με κάλεσμα.

Ο ιερέας ήταν γνωστός στον αδελφό μου που άκουγε πολλές από τις διαλέξεις του κατά τη διάρκεια των ημερών του κολεγίου. Και ήταν γνωστό ότι είχε κερδίσει πολλές δάφνες από το πανεπιστήμιό του και το πανεπιστήμιό του. Υπήρχαν μερικά χρυσά μετάλλια που του πιστώθηκαν από αυτά τα ιδρύματα.

Κατά τη διάρκεια του κηρύγματος, όταν κήρυττε για τη σημασία της εκπαίδευσης, αποκάλυψε το χρυσό μετάλλιο που κέρδισε σε διάφορα θέματα. Οι πολιτειακές τάξεις που είχε κερδίσει ήταν λίγες από αυτές και τις ανέφερε με αρκετά σεμνό τρόπο.

Τον παρακολουθούσα όλη την ώρα που μιλούσε με πάθος για τα μετάλλια που είχε κατακτήσει. Αρκετά ενδιαφέρον, έδειξε το μη λεκτικό υπόβαθρο της τελειομανίας και άγγιξε τα λίγα φύλλα χαρτιού —ίσως που είχαν γραμμένα τα σημαντικά σημεία του κηρύγματος για να μπορέσει να εξηγήσει— μπροστά του δύο ή τρεις φορές.

Τα διδάγματα που πρέπει να αντληθούν από αυτό είναι ότι —όπως αναφέρθηκε στην αρχή του κεφαλαίου— ο ιερέας ήταν πολύ ικανός στον ακαδημαϊκό τομέα για τον οποίο μιλούσε. Έχοντας κερδίσει πολλές δάφνες από το alma mater του, το μη λεκτικό σύνθημα πρότεινε ακριβώς το ίδιο για εκείνον. Μπορεί να μετρήσει την ικανότητα οποιουδήποτε.

Παράδειγμα 2

Δούλευα σε μια εταιρεία συμβούλων πριν από μερικά χρόνια και ήμασταν μέτριοι πέντε με έξι υπάλληλοι στο υποκατάστημα της πόλης μας. Υπήρχε μια γυναίκα υπάλληλος που δούλευε μαζί μας. Ήταν αρκετά στα 40 της, υποθέτω. Η γυναίκα ήταν από ευκατάστατη οικογένεια και ο σύζυγός της ήταν γνωστός για τις υψηλές επαφές του.

Καθώς το μεγαλύτερο μέρος του εργατικού δυναμικού ήταν συγγενείς και φίλοι των ιδρυτών και των διευθυντών, όλοι συζητούσαμε ανέμελα. Η συζήτηση αφορούσε υψηλά αμειβόμενες δουλειές που είχαν βρει κάποιοι. Καθώς οι σκηνοθέτες ήταν αρκετά ευκατάστατοι, στα μέσα της συνομιλίας, μοιράστηκε τον τρόπο ζωής στο σπίτι της.

Ενώ το έκανε, έδωσε την τελειομανή στο νεσεσέρ της που βρισκόταν στο γραφείο. Είχε ετοιμάσει την τσάντα της καθώς είχε έρθει η ώρα να φύγει αφού δούλευε μισή μέρα. Αυτή η πράξη της με διασφάλισε ότι ήταν όντως ευκατάστατη και ένα μεγάλο μέρος του εύπορου τρόπου ζωής της οικογένειάς της ήταν εμφανές στην καθημερινή της πλάκα μαζί μας στο χώρο εργασίας.

συμπέρασμα

Αυτό το μη λεκτικό σύνθημα είναι μια δοκιμασία λυχνίας και είναι πολύ αληθινή για τα πράγματα που αποκαλύπτει. Νομίζω ότι είναι πιο αληθινό από τον ορό αλήθειας ή το τεστ πολυγράφου. Έχει πολλές εφαρμογές όπου αποκαλύπτεται η αλήθεια για το αν οι άνθρωποι είναι αυτό που μιλούν. Και αν είναι αυτό που μιλούν - αν επιδεικνύουν αυτό το μη λεκτικό υπόβαθρο της τελειομανίας - είναι πολύ καλοί σε αυτό.

Ιδιαίτερα, αυτό το μη λεκτικό σήμα μπορεί να σημαίνει ότι το εν λόγω άτομο δεν πρέπει να μπλέξει - το τελευταίο άτομο με το οποίο θα τσακωθεί.

Η Αναζήτηση του Ορίζοντα

Όπως υποδηλώνει το όνομα, αυτό το μη λεκτικό σύνθημα εκδηλώνεται σε ένα άτομο σαν να ψάχνει για κάτι κοντά. Μπορεί να ψάχνετε κάτι στην οθόνη στο χώρο εργασίας ή έξω από το κοντινό παράθυρο ή στο κατάστημα. Σε ένα άτομο που παρατηρεί αυτό το μη λεκτικό σημάδι, η αναζήτηση θα φαινόταν άσκοπη, καθώς δεν υπάρχει τίποτα αξιοσημείωτο ή λογικό να βρει.

Επίσης, αυτή η μάταιη εργασία αναζήτησης με όλο το σώμα εμπλεκόμενο - μερικές φορές όρθια ή άλλες φορές σε καθιστή θέση - όπου κι αν κάθεται το άτομο - μπορεί επίσης να φαίνεται μια κανονική ρουτίνα εργασίας, όπως το να κοιτάς το smartphone για πρόσφατες ειδοποιήσεις ή ακόμα και να κοιτάς στον τοίχο ρολόι για το τι ώρα λέει.

Στην ουσία, αυτό το μη λεκτικό σύνθημα εμφανίζεται όταν ένα άτομο πληγώνεται από τον χλευασμό ή την ερώτηση ή οτιδήποτε του τίθεται κατά τη διάρκεια της συνομιλίας. Αυτός ο πόνος μπορεί να μην είναι πολύ επώδυνος αλλά επιφανειακός. Μπορεί να έχει εφαρμογές στη διαπραγμάτευση της σωστής τιμής για το εμπόρευμα ή το αντικείμενο που πρόκειται να αγοράσετε, όπως μπορεί να το παρατηρήσετε στις πραγματικές περιπτώσεις στη ζωή μου όπου τα είδα. Εδώ, ακολουθούν ένας ένας.

Παράδειγμα 1

Ήμουν στο σπίτι ένα απόγευμα και δεν έκανα τίποτα που να άξιζε να πω, όσο έλειπα. Αυτό ήταν κατά τη διάρκεια των ημερών που έψαχνα για δουλειά. Εκ των πραγμάτων εμφανίστηκε ένας συγγενής μας που έμενε μερικά χιλιόμετρα μακριά από το σπίτι μας στην πόλη και πολύ σπάνια μας επισκεπτόταν. Ήταν αρκετά κοντά στη μητέρα μου από τα νεανικά της χρόνια και μοιραζόταν έναν φαινομενικά καλό δεσμό μαζί της.

Όντας η πονηρή και πονηρή κυρία που είναι, μπαίνοντας πέρασε ένα χλευασμό και στράφηκε προς το μέρος μου. Εξακολουθεί να είναι γνωστό ότι είναι μια εξέχουσα κουτσομπολίστρια στη γενέτειρά μας, που μαζεύεται μαζί με τους άλλους γνωστούς από την ομάδα της για να συζητήσουν τρέχουσες υποθέσεις σε ολόκληρη τη γειτονιά και την πόλη.

Φτάνοντας στο θέμα, η κοροϊδία που μου απευθύνθηκε ήταν μια ερώτηση σχετικά με το ότι δεν έβρισκα δουλειά πουθενά στην πόλη από τότε που βρισκόμουν στην ηλικία αναζήτησης εργασίας της ζωής μου. Αυτή η ηλικία είναι απλώς ένας αριθμός και προσθέτει καύσιμα στους μύλους φημών στη γειτονιά.

Περιττό να πούμε ότι αυτό το κουτσομπολιό ήταν πολύ ενδιαφέρον και διαδεδομένο κατά τη διάρκεια εκείνης της περιόδου και έπρεπε να μεταφέρει τα νέα σχετικά με τους συναδέλφους της που ρωτούσαν για αυτό. Πρακτικά, δεν υπάρχει πουθενά ηλικία ή φυσική κατάσταση για να προσγειωθείς μια δουλειά υψηλού επιπέδου ή σεβαστή. Πίστεψέ με.

Ακριβώς όταν η κυρία πέρασε το χλευασμό ότι ο γιος σου δεν κάνει απολύτως τίποτα στη μητέρα μου, εξέθεσα αυτό το μη λεκτικό σύνθημα. Ο τρόπος που το εξέθεσα με κόλλησε για πολύ καιρό μέχρι να το καταλάβω βαθιά.

Απλώς της απάντησα ότι ψάχνω για μια κατάλληλη δουλειά για μένα και όρθιος από την καρέκλα στην οποία καθόμουν, κοίταξα έξω από την κεντρική μας πόρτα σαν να έψαχνα για κάποιον εκεί. Όλο μου το σώμα είχε εμπλακεί σε αυτό το μη λεκτικό σημάδι και πληγώθηκα εξαιτίας του χλευασμού αυτής της πονηρής κυρίας.

Η μητέρα μου, της τάισε μερικά ενδιαφέροντα κουτσομπολιά που ήταν όλα ψέματα και την έστειλε μακριά για να μάθει αργότερα ποιοι είναι οι άνθρωποι που φτάνουν αυτές οι ειδήσεις. Ήταν ενδιαφέρουσες μέρες. Όπως μπορώ να πω, «η διαδικασία είναι τιμωρητική, αλλά η σκέψη είναι όμορφη». Αυτές οι μέρες με έχουν μείνει στις αναμνήσεις.

Παράδειγμα 2

Έρχεται μια άλλη περίπτωση στο μυαλό μου όπου αυτό το μη λεκτικό σύνθημα εκτέθηκε μπροστά στα μάτια μου. Κάποτε επισκέφτηκα έναν συγγενή μου για να ρωτήσω κάτι σχετικά με ένα σφάλμα στο λογισμικό του πρόσφατα αγορασμένου φορητού υπολογιστή μου, καθώς το άτομο ήταν μηχανικός λογισμικού και γνώριζε πολλά πράγματα για τους υπολογιστές.

Εγώ, ο ξάδερφός μου που με πήγε εκεί και ο μηχανικός λογισμικού μιλούσαμε για διάφορα θέματα. Στη συνέχεια, η συζήτηση πήρε διαφορετική διαδρομή και κινήθηκε προς τη δουλειά ή τα θέματα του χώρου εργασίας στο γραφείο του ατόμου. Αυτό συμβαίνει πάντα, καθώς ο ξάδερφός μου συνηθίζει να μιλάει για θέματα εργασιακού χώρου όλη την ώρα με όποιον συναντά.

Τη στιγμή που ο ξάδερφός μου ρώτησε τον μηχανικό για το προφίλ του στη δουλειά και το είδος της ατμόσφαιρας στο χώρο εργασίας, έδειξε αυτό το μη λεκτικό σημάδι. Ο τρόπος με τον οποίο το έκανε ήταν ενδιαφέρον: δούλευε στον υπολογιστή στο γραφείο του στο σπίτι του και ενώ μιλούσε, κοίταξε την οθόνη στενεύοντας τα μάτια του σαν να είχε ψάξει κάτι. Μετά επέστρεψε στο φυσιολογικό.

Στην πραγματικότητα, δεν υπήρχε τίποτα αξιοσημείωτο να κοιτάξει κανείς την οθόνη, αλλά το έκανε. Και επίσης, απλώς υπονοεί ότι υπάρχουν δύο πράγματα που πρέπει να σημειωθούν. Το ένα ήταν ότι ήταν εμφανώς πληγωμένος και -από πολύ βαθιά επίσης- δεν εργαζόταν σε καμία εταιρεία αυτή τη στιγμή.

Κατάλαβα ότι ήταν άνεργος. Το γεγονός αυτού του θέματος ήταν αρκετά αποκαλυπτικό για μένα, καθώς όλα τα μέλη της οικογένειάς του έλεγαν ψέματα ότι βρισκόταν σε δουλειά και ότι τα πήγαινε καλά στο επάγγελμά του όλη την ώρα. Πραγματικά, τίποτα δεν μπορεί να κρυφτεί από έναν καλό παρατηρητή.

Παράδειγμα 3

Αυτή η περίπτωση είναι αρκετά ενδιαφέρουσα καθώς σχετίζεται με τη γνώση των τρόπων αποτελεσματικής διαπραγμάτευσης για ένα προϊόν που θέλει να αγοράσει κάποιος από ένα κατάστημα.

Είχα τη συνήθεια να κυκλοφορώ με τον αδερφό και την κουνιάδα μου στο αυτοκίνητό μας ενώ έκαναν δουλειές για τον εαυτό τους ή απλώς μια μεγάλη διαδρομή το Σαββατοκύριακο ή άλλες χαλαρές δραστηριότητες. Έτσι, μια μέρα είχαμε τη διάθεση να ψωνίσουμε για ρακέτες μπάντμιντον και φτάσαμε σε ένα γνωστό πολυσύχναστο εμπορικό κέντρο της πόλης μας.

Αυτό το εμπορικό κέντρο ήταν γεμάτο με πολλά καταστήματα αθλητικών ειδών. Μηδενίσαμε ένα καλό μαγαζί και κοιτούσαμε τις ρακέτες εκεί. Ο αδερφός μου τράβηξε τα μάτια του σε μια καλή επαγγελματική ρακέτα, καθώς ο ίδιος ήταν παίκτης μπάντμιντον σε κρατικό επίπεδο.

Έτσι —καθώς η κουνιάδα μου είναι καλή στο να διαπραγματεύεται μια τιμή που μας ταιριάζει— άρχισε να το κάνει με τον ιδιοκτήτη του μαγαζιού. Ζήτησε μια τιμή και ο καταστηματάρχης είπε ότι δεν είναι η σωστή τιμή για να πουλήσει τα προϊόντα του.

Ως εκ τούτου, μείωσε την τιμή που ζητούσε και το άτομο δεν ήταν επίσης ευχαριστημένο με την τιμή. Καθώς είναι καλή σε αυτά τα πράγματα, η κουνιάδα μου κατάλαβε την τιμή κόστους της ρακέτας μπάντμιντον σε κάποιο φημισμένο ηλεκτρονικό κατάστημα και έμεινε στην τιμή.

Αυτή η τιμή είναι αρκετά επαχθής για έναν ιδιοκτήτη καταστήματος από τούβλα και κονίαμα, επειδή το μοντέλο διανομής και άλλες πτυχές των ηλεκτρονικών καταστημάτων είναι διαφορετικές. Και έτσι, δεν μπορούν να συμβαδίσουν με την τιμή που προσφέρουν. Έτσι, κολλήσαμε γύρω από αυτήν την τιμή ως αναφορά.

Όταν φτάσαμε γύρω από αυτήν την τιμή για την τρίτη ζητούμενη τιμή, ο καταστηματάρχης έδειξε αυτό το μη λεκτικό σημάδι. Άρχισε να κοιτάζει μια ρακέτα κοντά του στενεύοντας τα μάτια του σαν να είχε ψάξει και βρήκε κάτι πάνω της.

Ήταν εμφανώς πληγωμένος στην προοπτική να μην πάρει τη σωστή τιμή που είχε αγοράσει τη ρακέτα από τον διανομέα του. Αυτή είναι η τιμή στην οποία το κέρδος για τον καταστηματάρχη ήταν σχεδόν μηδενικό και αυτό το περιθώριο προκάλεσε ανησυχία σε αυτόν.

Τέλος πάντων, αγοράσαμε τη ρακέτα περίπου σε αυτήν την τιμή και φύγαμε από το μέρος. η τιμή ήταν αρκετά κατάλληλη και άξιζε τα χρήματα που κερδίσαμε με κόπο.

Παραπλανητικές ενδείξεις

Δεν πρέπει να παραπλανηθεί κανείς από συμπεριφορά και χειρονομίες που μοιάζουν με αυτό το μη λεκτικό σημάδι. Οι άνθρωποι μπορεί απλώς να κοιτούν το smartphone τους και να μην επιδεικνύουν απαραίτητα αυτό το σύνθημα. Μπορεί να το κάνουν αυτό για να αναζητήσουν ειδοποιήσεις ή μηνύματα ή την ώρα ή ακόμα και να αναζητήσουν κάρτα βαθμολογίας αθλητών ή άλλα πράγματα καθώς αυτά είναι επαναλαμβανόμενες συμπεριφορές. Μπορεί κανείς εύκολα να παραπλανηθεί.

συμπέρασμα

Όπως περιγράφηκε προηγουμένως, αυτό το μη λεκτικό σύνθημα είναι πολύ βολικό όταν διαπραγματεύεστε για αντικείμενα που πωλούνται στην αγορά. Αλλά ο περιορισμός αυτής της ένδειξης είναι ότι το άτομο πρέπει να είναι ορατό και κατά προτίμηση παρόν μπροστά στα μάτια μας για να μετρήσει τη νοοτροπία του μέσα από αυτό.

Ένας παράγοντας που πρέπει να προσέξετε σε αυτό το μη λεκτικό σύνθημα είναι ότι το άτομο στενεύει σημαντικά τα μάτια του και φαίνεται τεταμένο ενώ το εκθέτει. Αυτό είναι προφανές καθώς είναι πληγωμένος στην καρδιά του. Εάν αυτός ο παράγοντας είναι τετραγωνισμένος, η αναζήτηση του ορίζοντα είναι σίγουρα σε λειτουργία σύμφωνα με τη χειρονομία του ατόμου και η τιμή για αποτελεσματικές διαπραγματεύσεις με τον πωλητή μπορεί να καθοριστεί. Ποτέ δεν λέει ψέματα καθώς προέρχεται από την καρδιά.

Υπόδειξη θυμού

Αυτό το σύνθημα εμφανίζεται όταν ένα άτομο είναι θυμωμένο - ίσως πολύ, και επίσης είναι ανήσυχο. Αυτό το μη λεκτικό σήμα ορίζεται από το άτομο που κουνάει ή κινεί τα πόδια του οριζόντια όταν κάθεται. Μπορεί να το κάνει σε ξόρκια και διαστήματα ή συνεχώς. Καθώς το άτομο σκέφτεται τι το προσέβαλε, συνεχίζει να κάνει τη δράση ή τη μη λεκτική υπόδειξη.

Οφέλη

Όταν ένα άτομο εμφανίζει αυτό το μη λεκτικό σημάδι, είναι σοφό να αφήσετε το άτομο να ηρεμήσει από τον θυμό του. Ή με άλλα λόγια, θα πρέπει να περιμένει κανείς έως ότου αυτό το άτομο σταματήσει να κουνάει τα πόδια του με αυτόν τον τρόπο εντελώς - όχι επίσης κατά διαστήματα ή ξόρκια - για να ζητήσει χάρη ή να μάθει κάτι από αυτόν. Όπως μπορεί να προκύψει, δεν θα σας βοηθήσει μέχρι να σταματήσει ο θυμός του.

Παράδειγμα

Ήμουν ενημερωμένος για ένα τέτοιο περιστατικό και θα σημείωνα αυτό το μη λεκτικό σημάδι στο ανώτερο διευθυντικό μου προσωπικό που εργαζόταν μαζί μου γύρω από την καμπίνα μου. Καθώς επρόκειτο για startup, ανώτερα στελέχη της διοίκησης θα συνεργάζονταν μαζί μας στον ίδιο όροφο και χωρίς καμπίνες.

Το άτομο προσβλήθηκε από εμένα για κάτι ανόητο γιατί μπορεί εύκολα να θυμώσει. Κουνούσε δυνατά τα πόδια του και κατάλαβα ότι η δράση μου τον χτύπησε περισσότερο στην καρδιά του. Ο λόγος για τον θυμό του ήταν ότι ήθελε κάποια βοήθεια από εμένα σχετικά με τη μορφοποίηση μιας προσωπικής επιστολής. Αρνήθηκα και έκανα λίγο γκριμάτσα χωρίς να ξέρω ότι με κοιτούσε κατευθείαν.

Ο θυμός του σιγά σιγά υποχώρησε, όπως το είδα σε αυτό το μη λεκτικό σύνθημα όπου το τίναγμα του ποδιού υποχωρούσε σιγά-σιγά σε διαστήματα και αργότερα, σταμάτησε εντελώς. Μετά τον πλησίασα για βοήθεια. Ζητήσαμε βοήθεια από αυτόν για τα πάντα, καθώς ήταν σύμβουλος με περισσότερες από πέντε έως έξι δεκαετίες εμπειρίας στη διαχείριση και εκτέλεση διαφορετικών έργων - στέλεχος σε επίπεδο CEO.

Παραπλανητικές ενδείξεις

Αν και αυτό το σύνθημα μπορεί να αποδειχθεί μια κλεφτή ματιά στο μυαλό ενός ατόμου είτε είναι θυμωμένο είτε όχι, μπορεί να είναι αρκετά μπερδεμένο. Αυτό συμβαίνει επειδή πολλοί άνθρωποι έχουν τη συνήθεια να κουνούν τα πόδια τους με αυτόν τον τρόπο —οριζόντια— όταν είναι αδρανείς ή σε ελεύθερο χρόνο. Είναι σαν χόμπι για αυτούς.

Για να αποφευχθεί αυτή η σύγχυση, χρειάζεται κάποιος να είναι ικανός ή έμπειρος ώστε να διακρίνει αυτές τις δύο καταστάσεις. Ένας από αυτούς τους τρόπους διάκρισης είναι η ταχύτητα ή το σθένος με το οποίο γίνεται αυτό το τίναγμα. Εάν υπάρχει υπερβολικό σθένος, σημαίνει σίγουρα ότι το άτομο είναι πολύ θυμωμένο με την πρόσφατη δήλωση που έκανε κάποιος. Καλύτερα να του επιτρέψετε να ηρεμήσει.

συμπέρασμα

Αυτό το σύνθημα είναι μια αρκετά αποκάλυψη στο μυαλό ενός ατόμου. Αλλά μερικές φορές τα πόδια ενός ατόμου είναι εκτός οπτικού πεδίου. Ο καλύτερος τρόπος για να αποφευχθεί αυτό είναι να τοποθετήσετε ένα έπιπλο όπου αυτά είναι εύκολα ορατά. Κάποιος θα πρέπει να αντλήσει εμπειρία από επισκέψεις σε ψυχολόγο ή σε σχετική ειδικότητα ιατρό.

Ακόμα κι αν αυτό το μη λεκτικό σημάδι είναι κρυμμένο μακριά από τον παρατηρητή, ένας έμπειρος μπορεί να διακρίνει εάν εμπλέκεται το συναίσθημα του θυμού ή όχι. Ο λόγος είναι και κάποιο τίναγμα στο πάνω μέρος του κορμού. Εντελώς κατανοητό.

Σύνθημα που προκαλεί φόβο

Αυτό το σύνθημα είναι μια άλλη μορφή αυτού που συζητήθηκε πρόσφατα. Ενώ εκθέτουν αυτό το σύνθημα, οι άνθρωποι κουνούν τα πόδια τους πάνω-κάτω ή κατακόρυφα. Το άτομο που είναι το αντικείμενο αυτής της υπόδειξης φοβάται για κάτι που είναι εκφοβιστικό ή πολύ έξω από τα όριά του που μπορεί να του συμβεί.

Μερικές φορές, η αλήθεια μπορεί να αποκαλυφθεί στον παρατηρητή ως προς το τι φοβάται αυτό το άτομο στη συνομιλία. Διαφορετικά, η αλήθεια μπορεί να κρύβεται από το άτομο που παρατηρεί αυτό το μη λεκτικό σημάδι στο θέμα.

Υπάρχουν πολλές περιπτώσεις στη ζωή μου όπου έμεινα με μια βαθιά γνώση του χαρακτήρα ενός ατόμου μέσω αυτού του μη λεκτικού σήματος. Μερικές από αυτές ακολουθούν παρακάτω.

Παράδειγμα 1

Κάποτε μπήκα σε ένα νοσοκομείο. Όντας νοσηλευόμενος, ένας επαγγελματίας ιατρός με αξιολόγησε τις πρώτες μέρες της παραμονής μου εκεί. Έκανε πολλές ερωτήσεις. Αργότερα, μέσα από την πορεία αυτών των ερωτήσεων, έφτασε απευθείας στην αιτία για τα συμπτώματα που παρουσίασα. αποκάλυψε ευθαρσώς τη διάγνωσή του, πιθανώς για να μάθει το μη λεκτικό σήμα ή την αντίδραση που έδινα.

Καθώς η διάγνωση ήταν μια αρκετά εξουθενωτική ασθένεια, έδειξα αυτό το μη λεκτικό σημάδι. Υπήρχε φόβος στο μυαλό μου και ο ιατρός είδε τα πόδια μου μέσα από το τραπέζι. Με ρώτησε αν φοβόμουν. Περιττό να καταγράψω την απάντησή μου, σηκώθηκε και έφυγε αποκαλύπτοντάς το στους ανώτερους γιατρούς του.

Παράδειγμα 2

Μου έρχεται στο μυαλό μια ταινία όπου ένα άτομο που βομβάρδισε ένα σχολείο ανακρίνεται από έναν αξιωματούχο της ερευνητικής υπηρεσίας. Το υποκείμενο κάθισε σε μια διάταξη ανάκρισης με ένα τραπέζι και μια καρέκλα που είναι απαραίτητα για την καταγραφή τέτοιων μη λεκτικών ενδείξεων. Στη συνέχεια ρωτήθηκε για την όλη διαδικασία για το πώς τα κατάφερε.

Στη μέση της συνομιλίας, το θέμα ρωτήθηκε από τον πράκτορα αν φοβόταν. Αυτό ήταν όταν ο βομβιστής κουνούσε τα πόδια του κάπως δυνατά πάνω-κάτω σε κάθετο τρόπο. Το μυαλό αυτού του εγκληματία ήταν ανοιχτό μπροστά του.

Παράδειγμα 3

Μια φορά μετά από αρκετά χρόνια που εργαζόμουν ως Συγγραφέας Περιεχομένου, παρακολουθούσα τη λειτουργία στην εκκλησία της ενορίας μου. Αυτή ήταν η ίδια εκκλησία και ενορία στην οποία ανήκαν τα ξαδέρφια μου και η οικογένειά τους, αλλά τώρα έχω μετακομίσει σε διαφορετική τοποθεσία. ως εκ τούτου, μια διαφορετική εκκλησία και ενορία.

Ο ξάδερφός μου με την οικογένειά του επίσης παρακολουθούσε τη λειτουργία στην εκκλησία μια Κυριακή. Αλλά εκείνος - όπως ήταν το συνηθισμένο του έθιμο - παρακολουθούσε τη λειτουργία έξω στους χώρους της εκκλησίας. Η λειτουργία τελείωσε και μετά τον ύμνο της ύψεσης, έβγαινα από την εκκλησία με την οικογένειά μου.

Γνώρισα αυτόν τον ξάδερφό μου και την οικογένειά του. Χωρίς δισταγμό, τον ρώτησα αν άκουγε λειτουργία έξω από την εκκλησία. Φοβόταν τι να απαντήσει αρκετά κατανοητά γιατί είχα ηθική εξουσία και κάποια κοινωνική θέση από τότε.

Μόλις ρώτησα, έδειξε αυτό το μη λεκτικό σύνθεμα. Να σημειωθεί ότι βρισκόταν σε όρθια θέση και τα πόδια του έτρεμαν αρκετά έντονα μπροστά και πίσω. Όπως παρατήρησε ο παρατηρητής, δηλ. εμένα, φοβόταν μια πτώση της συμπάθειας του ανάμεσα στην ευρύτερη οικογένεια των ξαδέρφων μας.

Μετά απάντησε με κάποια αόριστη απάντηση, δώσαμε μια χειραψία και άλλα ευχάριστα σκηνικά στο δρόμο για το σπίτι μας.

Παράδειγμα 4

Υπήρξε επίσης ένα περιστατικό που μπορώ να θυμηθώ μέσω του οποίου εξοικειώθηκα με αυτό το μη λεκτικό υπόδειξη. Γύριζα σπίτι από το γραφείο μου μετακινώντας με λεωφορείο μετά από μια μέρα δουλειάς το βράδυ. Καθώς έλαβα θέση στο λεωφορείο, ήταν ένας συνταξιδιώτης. Ήταν στο ταξίδι του μπορεί να ήταν για να κάνει κάποιες δουλειές.

Μπορούσα να παρατηρήσω τα πόδια του να τρέμουν πάνω-κάτω ενώ ήταν σε καθιστή θέση. Αυτό σημαίνει ότι ο μετακινούμενος φοβόταν να σκεφτεί πώς να κάνει το ταξίδι του. Πολύ κατανοητό, για το πώς να βρει τη σωστή διεύθυνση ή να πιάσει το απαιτούμενο τρένο που πετά σε αυτή τη διεύθυνση ή τον τρόπο με τον οποίο θα φτάσει στον προορισμό.

Αυτές οι ανήσυχες στιγμές του πυροδότησαν αυτό το μη λεκτικό σημάδι φόβου. Έκανε αυτό το τίναγμα των ποδιών κατά διαστήματα και ξόρκια. Αυτό σημαίνει ότι σκεφτόταν ενδιάμεσα αυτόν τον ζυγό άγχους πάνω του κατά διαστήματα και αναπαυόταν ανάμεσά τους.

συμπέρασμα

Αυτό το μη λεκτικό σύνθημα είναι αρκετά χρήσιμο στον προσδιορισμό της ψυχικής κατάστασης ενός ατόμου και μπορεί κανείς να τον ηρεμήσει με ενθάρρυνση ή ευγενικά λόγια. Μια άλλη πτυχή αυτής της ένδειξης είναι ότι αν το υποκείμενο το εμφανίζει συνεχώς σε διαφορετικά μέρη της ημέρας σε διαφορετικά διαστήματα, είναι ένα άτομο που ανησυχεί πολύ.

Η μητέρα μου το κάνει τακτικά και ανησυχεί πολύ για τα πάντα. Υποψιάζομαι ότι οι ανησυχίες αφορούν κυρίως τα παιδιά της και την καθημερινή τους τοποθεσία ή την ασφάλεια/ευημερία τους. τα πόδια της είναι πάντα σε κίνηση.

Αυτό δεν είναι μειονέκτημα, καθώς αυτοί οι άνθρωποι είναι πολύ παραγωγικοί και αποτελεσματικοί σε ό,τι αναλαμβάνουν, ωστόσο. Άλλη μια υπέροχη ματιά στο μυαλό.

Το σύνθημα που εκδηλώνει εξυπνοτητα

Αυτό το μη λεκτικό σύνθημα υποδηλώνει ότι το άτομο που το παρουσιάζει νομίζει ότι έκανε μια έξυπνη κίνηση ή έκανε μια λαμπρή δήλωση στη συνομιλία του. Για να μιλήσουμε λεπτομερώς, αυτό το άτομο δείχνει στο πρόσωπο ότι τρώει κάτι με το στόμα του, αλλά, στην πραγματικότητα, δεν είναι. Απλώς κάνει τη δράση του να φάει κάτι.

Μπορώ να απαριθμήσω πολλά περιστατικά στη ζωή μου όπου εκτέθηκε αυτό το μη λεκτικό σύνθημα.

Παράδειγμα 1

Η οικογένειά μας μόλις μετακόμισε από ένα μακρινό μέρος στην πόλη. Καθώς αυτές ήταν πολύ πρώτες μέρες στην πόλη, υπήρχαν πολλά πράγματα που ήμασταν στο σκοτάδι σχετικά με τον τρόπο ζωής εδώ ή τον τρόπο ζωής των ανθρώπων. Ένας πωλητής έφτασε στο νοικιασμένο σπίτι μας και άρχισε να μας μιλά για να πουλήσει τα προϊόντα που κουβαλούσε. Εμείς, ως οικογένεια, δεν μπορούσαμε να βρούμε τρόπους να απορρίψουμε ευγενικά την προσφορά του.

Ως εκ τούτου, απευθυνθήκαμε στον μικρότερο αδερφό μου, καθώς ήταν αρκετά έξυπνος στο δρόμο από τα νεανικά του χρόνια και είχε ταξιδέψει πολύ για τις διοργανώσεις του κρατικού και εθνικού αθλητικού πρωταθλήματος.

Αφού απάντησε και ασχολήθηκε με τον πωλητή, ο αδερφός μου έδειξε αυτό το μη λεκτικό σημάδι σαν να μασούσε/έτρωγε κάτι με το στόμα του, αλλά δεν υπήρχε τίποτα να μασήσει/φάει. Περιττό να πούμε ότι θεώρησε ότι ήταν μια έξυπνη κίνηση και καλά έκανε.

Παράδειγμα 2

Σε μια άλλη περίπτωση, περπατούσα το βράδυ —όπως ήταν η καθημερινότητά μου εκείνες τις μέρες— και μπήκα σε ένα κατάστημα λαχανικών για να αγοράσω λαχανικά επειδή μου το είχε ζητήσει η μητέρα μου. Καθώς έμπαινα στο κατάστημα, ένα άτομο είχε μόλις πληρώσει τον λογαριασμό του για τα λαχανικά που είχε αγοράσει στον πάγκο και ο πωλητής εξέθετε αυτό το μη λεκτικό σημάδι.

Πίστευε ότι ήταν έξυπνος στην αντιμετώπιση αυτού του προηγούμενου πελάτη και ήταν η σειρά μου.

Παραπλανητικό σύνθημα

Ένα πράγμα που πρέπει να σημειωθεί είναι ότι υπάρχουν μερικοί αρκετά ηλικιωμένοι άνθρωποι που επιδεικνύουν τέτοιες ενέργειες σαν να δίνεται αυτό το σύνθημα. Αυτό γίνεται από αυτούς λόγω απώλειας δοντιών. Αλλά στην πραγματικότητα δεν επιδεικνύουν αυτό το σύνθημα καθώς τείνουν να το κάνουν και είναι φυσικό λόγω των προχωρημένων ετών. Και αυτό το μέρος της συμπεριφοράς τους πρέπει να αγνοηθεί ότι δεν ταιριάζει στο να είναι έξυπνοι.

συμπέρασμα

Κατά τη σκέψη μου, φάνηκε ότι στη δεύτερη περίπτωση που μόλις μοιράστηκα, δεν θα έπρεπε να του κάνω κάποια ανόητη ερώτηση όπως πώς ήταν η μέρα του ή πώς είναι η ζωή του. Αυτό οφείλεται στο γεγονός ότι θα είχα λάβει μια απάντηση όπως οι μέρες είναι πάντα καλές ή "τι μπορεί να συμβεί στη ζωή;"

Οι άνθρωποι που μόλις έχουν επιδείξει αυτό το μη λεκτικό σύνθημα πιστεύουν ότι είναι έξυπνοι και δίνουν τόσο αγενείς απαντήσεις ή δείχνουν κάποια στάση αγνοώντας τον ερωτώντα ή αυτόν που συνομιλεί μαζί τους. Είναι καλύτερα να αποφύγετε να τους μιλήσετε ή να κάνετε ερωτήσεις για λίγο μέχρι να επιστρέψουν στον παλιό τους εαυτό.

Επίσης, πρέπει να σημειωθεί ότι πιστεύουν ότι είναι έξυπνοι, αλλά δεν χρειάζεται να είναι αλήθεια. Υπάρχουν πολλές άλλες περιπτώσεις για κοινή χρήση. Αλλά νομίζω ότι αυτά είναι αρκετά για να μάθουμε.

Αδιαφορία-Εκθέτοντας σύνθημα

Ένα άτομο που εμφανίζει αυτό το σύνθημα ενεργεί ή μιλά με σκληρό τρόπο. Το μη λεκτικό σημάδι που πρέπει να προσέξετε σε αυτό το συναίσθημα είναι όταν σε μια βιντεοκλήση μέσω του smartphone, το άτομο δείχνει τα δόντια του σαν να ελέγχει πώς φαίνονται τα δόντια του ή να ελέγχει για κάτι κολλημένο στα δόντια του. Επίσης, μπορεί να φαίνεται ότι—στη βιντεοκλήση—το υποκείμενο τσεκάρει ή τσιμπάει τα σπυράκια του ή κάνει κάποιες γκριμάτσες. Όλα αυτά εξαρτώνται από το άτομο.

Εδώ και μερικά χρόνια, πάντα αναρωτιόμουν τι σήμαινε αυτό το μη λεκτικό σύνθημα, καθώς θα έβλεπα τον εαυτό μου να κάνει αυτό το είδος δράσης όταν μιλούσα με κάποιον στο τηλέφωνο. Έλαβα έμπνευση για αυτό ακριβώς ενώ έγραφα αυτό το βιβλίο όπως στην πρώτη περίπτωση που ακολουθεί σχετικά με τον αδερφό μου.

Ακολουθεί μια σύντομη περιγραφή.

Παράδειγμα

Εμείς, ως οικογένεια, έχουμε μια ομάδα πλατφόρμας άμεσων μηνυμάτων και ο αδερφός μου —που ζει στο εξωτερικό— τηλεφωνεί συχνά στην ομάδα και μιλάμε πολύ. Κατά τη διάρκεια μιας από αυτές τις βιντεοκλήσεις, ο αδερφός μου και εμείς τα αδέρφια μιλούσαμε όλοι μεταξύ μας με αβλαβή πειράγματα.

Ένα από αυτά τα πειράγματα πήγε πολύ στραβά. Είναι γνωστός για τέτοια πράγματα και το αποτέλεσμα θα μπορούσε να είναι ότι δεν θα μιλήσω μαζί του λίγες ώρες μετά από αυτό το επεισόδιο.

Το παράδειγμα ήταν ότι πείραξε την αδερφή μου με μερικά προσβλητικά σχόλια σχετικά με τη ζωή της. Προφανώς, δεν το πήρε καλά και μας απέκλεισε όλους από την ομάδα. Ήταν εμφανώς στενοχωρημένη μαζί του κυρίως.

Αργότερα, ενώ μιλούσε για αυτό, έδειξε αυτό το μη λεκτικό σύνθημα. Το κάνει συχνά, κάνοντας γκριμάτσες ή δείχνει τα δόντια του ή ελέγχοντας για σπυράκια στο πρόσωπό του στην κάμερα του τηλεφώνου.

συμπέρασμα

Αυτή η μη λεκτική ένδειξη δεν σημαίνει ότι το άτομο είναι ένα εντελώς σκληρό άτομο. Μπορεί να είναι ήπιος. Πάρτε το παράδειγμα του αδερφού μου, αν και μερικές φορές είναι σκληρός, η υπόθεση είναι ήπια καθώς δεν θα μπει σε καυγάδες ή κακία. Όλοι στο σπίτι είμαστε πράοι ως τέτοιοι. Ωστόσο, ένα εξαιρετικό μη λεκτικό σύνθημα για να παρακολουθήσετε σε ένα άτομο.

Το άγχος που εκδηλώνει το σύνθημα

Αυτό είναι ένα σύνθημα όπου το ενδιαφερόμενο άτομο κουνάει τα πόδια του ακριβώς όπως το σύνθημα που εκδηλώνει θυμό. Αλλά αυτό το τίναγμα των ποδιών οριζόντια ή πλάγια δεν είναι με πολύ κινούμενο τρόπο και μάλλον με ήρεμο τρόπο. Έτσι, αυτό δεν μπορεί να συγχέεται με το σύνθημα που εκδηλώνει θυμό.

Ένα άλλο ενδιαφέρον γεγονός σχετικά με αυτό το σύνθημα είναι ότι μπορούμε να το δούμε σε εμφανή σημεία και δεν υπάρχει ανταμοιβή για να το μαντέψουμε. Όταν έρχεται στο μυαλό ένα τέτοιο συναίσθημα σαν άγχος, τα μέρη που εμφανίζονται είναι οι τερματικοί σταθμοί επιβατών του συστήματος δημόσιων μεταφορών, το λόμπι αναμονής έξω από την κλινική των γιατρών, οι αίθουσες εξετάσεων φοιτητών και άλλα. Με σαφείς όρους, η αναμονή και οι φόβοι για το μέλλον μπορεί να προκαλέσουν άγχος και, ως εκ τούτου, αυτό το σύνθημα.

Αν κάποιος παρατηρήσει έναν επιβάτη ή έναν ασθενή της ΜΕΘ, υπάρχουν άφθονες ενδείξεις αυτού του μη λεκτικού σήματος.

συμπέρασμα

Τα άτομα που παρουσιάζουν αυτό το σύνθημα είναι αρκετά τεταμένα και η βαρύτητα αυτής της έντασης εξαρτάται από το σενάριο ή την κατάσταση στην οποία βρίσκεται το άτομο. Η συζήτηση μαζί τους δεν θα αποφέρει αποτελέσματα και οι ερωτήσεις που τους τίθενται δεν θα έχουν σωστές απαντήσεις. Επίσης, δεν θα έχουν εύθυμη διάθεση και το να αστειεύεστε μαζί τους δεν είναι καλή ιδέα. Είναι καλύτερο να τους αφήσετε να περιμένουν σιωπηλά.

Το τελικό αποτέλεσμα είναι ότι αξίζει να είσαι έξυπνος και κάποιος που είναι σοφός μπορεί να ενεργήσει το ίδιο με υπολογισμένο τρόπο.

Επίλογος

Αν και πολλά βιβλία έχουν γραφτεί σχετικά με αυτό το θέμα των μη λεκτικών ενδείξεων που αποκαλύπτουν το περίπλοκο μυαλό μας των ανθρώπων, καθένα από αυτά είναι εντελώς διαφορετικό. Ασχολούνται με διαφορετικά είδη μη λεκτικών ενδείξεων και δεν μοιάζουν μεταξύ τους. Αλλά αποκαλύψτε την ίδια μεγάλη πολυπλοκότητα του ανθρώπινου μυαλού στο γραπτό έργο που διαδίδουν.

Εκτός από αυτές τις μη λεκτικές ενδείξεις, υπάρχουν πολλά άλλα που βρίσκονται επίσης στους ανθρώπους. Ένα άλλο χαρακτηριστικό της γλώσσας του σώματος για το οποίο θα ήθελα να μιλήσω, τέλος, είναι η τσαχπινιά κατά τη διάρκεια μιας συνομιλίας.

Ο υποψήφιος εργοδότης μου απέφευγε το ερώτημα να μου δώσει μια επιστολή προσφοράς για την απαίτηση εργασίας, καθώς δεν υπήρχε συγκεκριμένη εξέλιξη στη σύμβαση που του ανατέθηκε από τον πελάτη του. Εξαιτίας αυτού και πολλών άλλων λόγων, όπως η μη απελευθέρωση του retainer, καθώς τα πράγματα είναι αργά σε αυτήν την περίοδο παγκόσμιας επιβράδυνσης και μετά τα μαθηματικά της επιδημίας πανδημίας σε όλο τον κόσμο και άλλα τέτοια, αυτά τα πράγματα παρέμειναν.

Έτσι, τον ρώτησα για αυτή την προοπτική να μου παραδώσει την επιστολή προσφοράς και την ημερομηνία ένταξης στη νεοσύστατη εταιρεία. Καθώς του μιλούσα από το τηλέφωνο, δεν μπορούσα να βασιστώ στις μη λεκτικές ενδείξεις επειδή βρισκόταν σε πολύ μακρινό μέρος και κάθε επικοινωνία μπορούσε να γίνει μέσω φωνητικής κλήσης μέσω Διαδικτύου.

Όταν του έθεσα την ερώτηση, τσάκωσε με τα λόγια του και μου έδωσε μια γενική όχι και τόσο προφανή ημερομηνία. Επίσης, μου αποκάλυψε κάποιες εξελίξεις σχετικά με το συμβόλαιο που ανατέθηκε, τις συζητήσεις που γίνονται στη διοίκηση και άλλα τέτοια.

Περιττό να πω ότι δεν ήταν σίγουρος για την ημερομηνία ένταξής μου στην εταιρεία του. Αλλά με ήθελε στην παρέα. Ως εκ τούτου, αποκάλυψε τις εξελίξεις σχετικά με το ίδιο. Η χαζομάρα αποκάλυψε τα πράγματα που έτρεχαν στο μυαλό του και έμεινα σίγουρος ότι θα βρω δουλειά μαζί του.

Υπάρχουν πολλές μη λεκτικές ενδείξεις εκτός από αυτές που αναφέρονται σε αυτό το βιβλίο. Αλλά μπορεί κανείς να αντλήσει πολλά μαθήματα από αυτά που αναφέρονται εδώ και προσφέρουν μια υπέροχη ματιά στο μυαλό των ανθρώπων που συναντά στην καθημερινή ζωή.

Όπως είπε ο Bertrand Russell, «Ο κόσμος είναι γεμάτος όμορφα πράγματα που περιμένουν να ξεδιπλωθούν από τη διάνοιά μας» και πρέπει απλώς να συνεχίσουμε να ψάχνουμε, να μαθαίνουμε, να παρατηρούμε και να κοιτάμε τα βιβλία.

Σχετικά με τον Συγγραφέα

Jude D'Souza

Ο Jude είναι συγγραφέας περιεχομένου στο επάγγελμα με πάνω από 9 χρόνια εμπειρίας σε ποικίλες μορφές γραφής. Έχει γράψει άρθρα σε ιστολόγια, αναρτήσεις στα μέσα κοινωνικής δικτύωσης και πολλά άλλα για τους εργοδότες του, συμπεριλαμβανομένων συναυλιών ανεξάρτητων επαγγελματιών. Οι πελάτες του έχουν περιγράψει τον τρόπο γραφής του ως ποιητικό, ελκυστικό, διανοητικό και ενδιαφέρον. Η ψυχολογία ήταν ένα φυσικό μέρος της ζωής του - μια έμφυτη ποιότητα. Το εφαρμόζει αυτό στην καθημερινή ενασχόληση με τους ανθρώπους και τον έχει βοηθήσει πάρα πολύ. Αν και χρησιμοποιείται από άτομα με πολύπλοκα μυαλά, μέσω κάποιας βοήθειας, η ιδιότητα μπορεί να υιοθετηθεί.

Ήταν η ειλικρινής προσπάθειά του να διαδώσει και να μοιραστεί τη σοφία με τους αναγνώστες. Σίγουρα πρέπει να τους προσφερθεί κάποια αξία.

Χορτάζει την όρεξή του για ανάγνωση με βιβλία που προκαλούν περιέργεια, κυρίως βιογραφίες μεγάλων προσωπικοτήτων, εμβαθύνοντας στη ζωή τους.

Ζει στη Μπανγκαλόρ με την άμεση οικογένειά του και τον σκύλο του, τη Ρόβερ.

www.ingramcontent.com/pod-product-compliance
Lightning Source LLC
LaVergne TN
LVHW041640070526
838199LV00052B/3474